小惡魔學妹
纏上了被女友劈腿的我
My coquettish junior attaches herself to me!
5
Kadokawa Fantastic Novels

「你是有什麼毛病啊！」
志乃原真由
跟悠太就讀同一所大學，小他一屆的學妹。個性天真爛漫，但也有著小惡魔的一面，各方面都想讓悠太動心。
Situation 1
跟學妹的距離越來越近？

Situation 2

跟前女友打籃球。

相坂禮奈

悠太的前女友。就讀悠太大學附近的女子大學，跟悠太是在那所學校的校慶上認識。

「欸，要不要現在去約個會？」
戶張坂明美
以前與真由、彩華隸屬同一所國中的籃球社，並擔任副隊長。個性唯我獨尊又強勢。
Situation 3
動起來的「過去」。

羽瀨川悠太
「啊？」
我不禁發出奇怪的驚呼。能預料到會被幾乎算是第一次見面的人這樣邀約才有問題。而且，明美正在跟元坂交往吧。
「哎呀，難道是第一次有人這樣約你？我這是在搭訕耶。」
「不，先等一下。明美，妳是元坂的女朋友吧？」
「咦？啊～是啦。對耶，說是約會好像不太好。嗯……」
明美將拇指抵在下巴，並沉默了幾秒鐘。換作是平常，志乃原就會趁著這個時機介入了，然而她依然乖乖地待在後方。

「或許有些人會覺得就算跟他人共享自己的過去，也不能改變什麼。不過我相信……有些時候還是要透過共享過去，並做一次清算，才能繼續向前邁進。」
「下一次妳會怎麼改變？」
「現在還不知道。但我想更加珍惜你。」
「妳為什麼要做到這種地步呢……」
為什麼要為了我採取行動？
這是我沒有說出口的疑問。

Situation 4
為了讓「現在」持續下去。
美濃彩華
跟悠太就讀同一所大學的同學，兩人從高中時代開始就是推心置腹的朋友。
「——難得都跟你邂逅了嘛。」

Short Story

試著約大家去居酒屋

禮奈的情況……

「禮奈，要不要去吃居酒屋？」

「當然好！」

「太好了。那要去哪一間呢？」

「嗯——悠太有想去吃的店嗎？」

「沒有特別想去哪一間耶。不然就選我最近常去的店怎麼樣？」

「啊，好哇好哇。我也想吃吃看悠太喜歡的菜色。」

「ＯＫ，那就說定了。」

彩華的情況……

「彩華，我們去吃居酒屋吧。」

「好啊。你有選好哪間餐廳嗎？」

「不，我還沒想那麼多。」

「了解，那我來找找看，也順便預約喔。」

「總是多謝妳的幫忙……」

「沒什麼啦。這也是為了我自己。」

「什麼意思？」

「如果交給你的品味決定，我會感到不安的意思。」

「很好妳給我等一下，我這就來找餐廳，彩華妳什麼事都不要做！當天就交給我吧！」

「早知道就不要講了……我竟然會犯下這種失誤……」

「妳消沉到這種地步，會讓我很受傷耶！」

真由的情況……

「真由，一起去吃居酒屋吧。」

「我要去，我想去！」

「還是算了。妳未成年耶。」

「那你為什麼還要約我啊——！」

小惡魔學妹 5

纏上了被女友劈腿的我

御宮ゆう

插畫 えーる

My coquettish junior attaches herself to me!

Kadokawa Fantastic Novels

My coquettish junior attaches herself to me!

★序章

每當梅雨季快到的時候，總是會讓我想起一件事。
注視著我的那雙眼睛。
無論封起這段記憶多少次，還是會從那滿是泥濘的縫隙間流出。
這種時候，我就會一再對自己說這跟現在的我沒有關係。
過去是過去。現在是現在。未來是未來。
每一個階段都是不一樣的我，也無須回頭看那些過往。
會有這樣的想法，是因為我在高中改變了自己的思維。
我在大學更是著重於表現得很有社交能力，想必出了社會之後，也會有所改變吧。
就跟那傢伙剛開始玩手機遊戲時很像。
一再重玩，並用最棒的數值去挑戰關卡。
若想塑造出一個更好的自己，捨棄過去才是最合理的做法。
然而，其實我也有注意到自我的矛盾。

要是完全不回首過去，我跟那傢伙就不會像現在這麼好。

正因為一再回首，我跟那傢伙才能繼續維持摯友的關係。

我只將好的記憶帶到「現在」來，同時塵封起不好的記憶。

不過，大家應該都是這麼做的。

因為對生物來說，以自己為優先是很自然的事情。

只要不將這件事說出口、只要沒有人窺視自己內心的想法，就不會被任何人譴責。

但我心知肚明。

我並沒有以這樣的自己為傲。我甚至不去面對這份心情，只顧著表現出虛假的自信。就連內在都一併改寫，讓虛偽昇華成真實。

在出了社會之後，我總有一天會真的忘記。

我一直在等待那個時候到來。

因為我深信那樣的自己比較能圓滑處世。

但是，如果到了不得不面對的時候……

我在那傢伙面前想必會笑不出來吧。

第1話　體驗交往結束後

最近的氣象局一點也不可靠。

氣象預報明明說是晴天，卻碰上突如其來的大雨；乖乖聽從會下雨的預報帶了傘出門，結果卻連一滴雨都沒有下。

既然如此，不要去管什麼預報還比較好，於是我無視了下雨的預報，結果現在卻陷入這個窘境。

因為冰箱裡已經沒什麼東西了，我就跑了一趟超市，沒想到卻倒楣透頂。我手中提著塑膠袋，仰望著那片討人厭的陰天。

站在出口的屋簷下，周遭踏出店門的客人陸續撐起了傘。

我聽信氣象預報，直到傍晚外出時都還帶著傘。看著其他客人的表情感覺都是一副「總算下雨了」的樣子，我不禁對沒有相信氣象局到最後一刻的自己感到火大。

儘管走路大概十分鐘的距離就能到家，然而看這以秒速漸漸增強的雨勢，在沒有撐傘的情況下實在很難回家。

看樣子只能暫時躲個雨，這讓我不禁嘆了一口氣，結果旁邊的男生也同時大嘆了一口氣。從他身上的制服以及身高看來，應該是高中生吧。

大概是注意到我的視線，那個高中生禮貌性地對我點了點頭。我心裡想著他可能是在顧慮我吧，並揚起嘴角之後，高中生像是放心了一般淺淺微笑。

……我的表情是不是看起來很不爽啊？

為了忽略在內心萌芽的愧疚感，我從口袋裡拿出了智慧型手機。

這支三天前才剛換的新手機，尺寸比之前的還要大了一點。即使單手操作起來會有點困難，也總比繼續用那支螢幕裂開的手機還要好。

自從手機螢幕在彩華面前摔裂，並在那樣的狀態下還繼續使用之後，身邊的人都不斷對我吐槽：「快換一支好嗎？」一想到以後再也不會有這樣的對話，因為遇到下雨而感到憂鬱的心情也多少開朗了一點。

「學長！」

聽見從前方幾公尺傳來的這聲呼喚，我滿懷期待地從手機畫面抬起頭。只見一個留著黑色短髮的女生，拿著傘遞給我旁邊的男生。

穿著制服的兩人共撐著一把傘，走向外頭的世界。四周的光線變得有些昏暗，我卻陷入好像只有他們身邊散發著光輝的錯覺中。這時那個男生回過頭，又朝我點頭示意了一下。

◇
◆

我用濕答答的右手轉動鑰匙。然而使出的力道卻沒有碰到任何阻礙，讓我察覺家裡已經有人在了。

打開玄關的門之後，一陣柑橘類的香氣撲鼻而來。

「我回來了。」

這並不是要說給誰聽，只是一如往常的招呼。自從開始自己外宿之後，我明知不會有人回應，卻還是持續說著這聲招呼。然而，最近就不一樣了。

「啊，學長。你回來啦。」

志乃原從廚房探出頭來，並揚起嘴角。綁在高處的短短棕色髮束也稍微晃動了一下。

「外面下雨了呢。我想說你可能沒帶傘，就先在浴缸放好熱水了喔。」

「真的假的？」

關上玄關的門，就幾乎聽不見外頭颳風下雨的聲音了。事到如今才發現這裡的隔音很好，腦中也一邊想著「以這樣的房租來說，這裡搞不好其實是個不錯的房子」這種怎樣都好的事情。

「學長？」

「啊啊，沒事。謝謝，真是幫了大忙。」

我這麼道謝，並脫下鞋子。泡到雨水的襪子伴隨著討厭的聲音露了出來。我直接走向脫衣間，但一想到等一下還要把這一路留下來的腳印擦乾淨，就覺得有些鬱悶。

「學長～晚餐就快煮好了，請你趕快隨便泡個澡就出來喔！」

「是要怎麼隨便泡個澡啦。」

我莞爾一笑，關上脫衣間的門。廚房傳來的聲音隨之變小，我將因淋濕而變重的衣服脫下來，順手丟進洗衣機裡。洗衣機喀咚地晃了一下，但我毫不在意地將內褲跟襪子也丟了進去，並按下「清洗」鍵。

這樣在我泡完澡的同時，衣服應該也洗好了。

一進到浴室，因為淋雨而冷透的身體感受到一陣歡喜。在熱氣的包覆下，我轉開淋浴的水龍頭，冷水便打在我身上。幾十秒後總算變成了溫水，我這才從頭沖洗下來。涼意從頭頂逐漸被洗去。我一閉上雙眼，腦海中便浮現了上星期的情景。

——日落時分，在繞個不停的摩天輪當中。

即使是過了一段時間的現在，我都還能鮮明回想起當時的互動。我敢保證即使過了好幾個月，自己應該也會這樣想吧。

志乃原想改變跟我之間的關係。她相信那能昇華成好的改變，並親了我的額頭。自從我們認識之後過了快要半年，以現在這個時機來說絕非太早。要經過多少時間才會發展成男女關係因人而異。實際上我在認識禮奈之後，不到三個月就交往了。

即使如此，我為什麼還會感到那麼動搖呢？內心確實湧上了最根本的欲求，但又覺得除此之外似乎還有其他原因。我這一星期以來，不斷摸索這究竟是怎樣的心情。

我將肩膀整個泡進浴缸裡，並呼出了一口氣。那聲音聽起來蠢到讓人懷疑靈魂是不是都跟著這道吐息一起呼出來了。

……身體會覺得發燙，八成是泡在浴缸裡的關係。儘管可以理解這點，卻還是無法辨明盤旋在內心的情緒究竟是什麼。大概是想了這些太過困難的問題，總覺得腦袋沉甸甸的。我於是隨著本能，閉上了眼睛。

「學長，我要開門嘍！」

志乃原的呼喊把我喚醒了。我撐起無力的身體，開口說道：

「為什麼啊？我現在全裸耶。」

「我也知道——呃，你這不是醒著嗎！為什麼我剛才叫你都不回應啊？讓人很擔心耶！

罰你賠償十億圓！」

「金額也大得太蠢。」

「氣——！」

志乃原隔著折疊門這麼大喊。本來想跟她說話要講完整，但感到頭昏昏沉沉的，我便走出了浴缸。

一站起身還覺得有點暈，但勉強在可以忍受的範圍。看樣子是我泡澡泡太久了。這讓我在內心反省果真不能就那樣睡著。從志乃原焦急的程度看來，應該是叫了我好幾聲，卻都沒有回應吧。

聽說就身體構造來說，在泡澡時睡著好像接近昏厥。好像是因為血壓下降太多而失去意識的樣子，說不定這跟剛才的狀況很接近。太久沒有泡澡了，害我一時忘了該起來的時機。

我在內心發誓以後覺得快睡著時就要立刻起來，並打開了折疊門。

志乃原一副非常吃驚的樣子注視著我的臉，嘴還一開一闔的。我暗忖著她眼睛的顏色還真漂亮，並對她搭話道：

「喔，讓妳擔心了。」

「你……你……」

「啊？」

「你是有什麼毛病啊！」

「呼咕！」

伴隨這聲驚叫，她手中的湯勺就從我的頭上揮下。一道響亮的聲音叩地在脫衣間響起，我這才總算正確掌握了自己的狀態。我一絲不掛地，就這麼站在志乃原的面前。幸好就只有重要的「兒子」有用毛巾遮起來。

我對著匆匆忙忙離開脫衣間避難的志乃原說：

「對不起嘛志乃原，我泡太久忘記穿衣服了——」

接著廚房那邊傳來回應：「所以我就是在說你竟然會忘記這種事有毛病啊！」我也覺得她說得很有道理並點了點頭。

這麼說來，志乃原第一次一大早突襲我家那天，也是像這樣退避三舍呢。

回想著懷念的記憶，我先將內褲穿上了。

◇◆

「對不起嘛。」

兩人一起吃著火鍋時，我向她道歉第二次。志乃原冷漠地撇開頭，反覆說著：「我沒有在生氣。」

我拿著公筷想夾豆腐，卻不小心碎掉並掉回鍋子裡。志乃原便拿了不同於剛才的另一支湯勺舀起豆腐，輕輕放在我的小碗中。

「謝啦。」

「哼。」

「別氣了嘛。」

我一邊這麼說著，就將豆腐送到嘴邊。充斥在嘴巴裡的高湯相當燙口，然而入味的幸福感更勝一切，讓人不禁綻開笑容。

「好好吃。」

「呵呵，這樣啊。那我這麼努力也有價值了。」

志乃原露出一如往常的笑容之後，便換上「搞砸了」的表情。看樣子她好像是刻意表現出在生氣的態度。

「嘿，心情如何呀？」

「心情很不爽。砰、咚、轟——的感覺。」

「抱歉，我完全聽不懂。」

我馬上就不管她，逕自將牛肉夾到小碗裡並打了顆蛋。夾著牛肉反覆攪動一下，蛋黃便跟著散開，這更是刺激著我的食慾。

當我洋洋得意地將筷子送到嘴邊時，牛肉卻受到志乃原的阻礙。應該說，被她吃掉了。

「妳……妳知道自己這是做了什麼好事嗎……」

「嗯，肉好好吃！」

「還來，把我的肉還來！」

我這麼叫囂著，志乃原在咀嚼之後對我做出回應：

「如果猜對我為什麼要假裝生氣，我就還給你。」

「竟然承認是在假裝！妳倒是裝到底啊！」

我暫且將探出去的身子往後退，並坐回坐墊。思考了一下她之所以假裝生氣的理由，我馬上就得出答案了。

「我的裸體。」

「並不是。而且你為什麼可以說得這麼若無其事啊，難道沒有羞恥心嗎？」

「畢竟這也不是頭一遭了啊。妳第一次來住的時候，也有被妳看過我只穿著內褲的樣子吧。」

「那時候你也一點都不覺得害羞就是了呢。」

「怎麼可能啊～」

「不不不，真的，是真的。」

志乃原嘆了一口氣，並將公筷放在小碗上。若她所言屬實，我搞不好其實是個內心滿堅強的人。雖然不管哪一次我都不是刻意要露給她看就是了。

這時傳出一道清脆的敲擊聲，讓我眨了眨眼。

「學長，你知道我的性別是什麼嗎？」

「學妹。」

「喂喂喂，你還醒著嗎？看來學長的腦袋好像還沒清醒的樣子，就算我再用湯勺敲一次應該也不會有影響吧。」

志乃原的笑容難得看起來這麼可怕，於是我連忙改口：

「抱歉，是女性。超女生的。」

「不需要加上『超』好嗎？」

志乃原瞇細了雙眼。我不服輸地看了回去幾秒，最後還是果斷垂下了視線。

見我這樣的反應，志乃原心滿意足地開口：

「沒錯，我是女生。但是學長，你完全沒有理解這件事對吧？」

「不，我當然知道。剛才回答學妹只是在跟妳開玩笑。」

「我也知道那是在開玩笑，卻還是想這麼問。」

志乃原擺出氣噗噗的表情說：

「即使被看到裸體也一副若無其事的樣子，就代表沒有把我當女性看待吧。我這麼可愛耶？你卻完全不把我當一回事，讓我覺得非常無法釋懷，所以才會假裝生氣喔。」

「不要自己說自己可愛啦。」

「我就是要說。要是不說，學長就不會知道。」

這麼說著，志乃原的臉朝我逼近了過來。她本來就坐在我的斜側方，有一瞬間我甚至能看到學妹的睫毛就在眼前幾公分處。

就算是學妹，志乃原也算是個大人了。竟然被逼到這種程度——

當我為了掩飾動搖的心情而裝出冷淡的表情時，志乃原伸手捏了我的臉頰，硬是讓我露出笑容。我正想遠離她的手，志乃原就先開口說：

「我可不打算把『那天的事』當作從來沒發生過喔。『總覺得有點害羞所以還是跟之前一樣好了』什麼的，我也完全沒有這種念頭喔。沒錯，我當然完全沒有這種念頭。」

「我也沒有要當作沒發生過啊。」

怎麼可能忘得了。那座摩天輪本來就是一個讓我印象深刻的地方。

聽我這麼辯解，志乃原生著悶氣嘛起了嘴。

「那我倒是問你。學長，你都不用名字叫我了呢。」

「呃，但那是只有在體驗交往時才這麼叫吧？」

而且還是志乃原主動要求的，假如要追究這件事情，我會覺得很傷腦筋。為了轉換一下心情，我拿著公筷伸向鍋子。但是，志乃原使勁地抓住我的手腕。

「就只有稱呼延續下去也好吧！面對同年的人你都用名字稱呼對方，為什麼就要用姓氏稱呼年紀比較小的我啊！我看你直接叫我『學妹』還比較乾脆一點！」

「學妹。」

「我不是希望你這樣叫我好嗎——！」

「呼嘎嘎嘎嘎……」

志乃原猛力地搖晃著我的肩膀表達抗議。總之我先放棄去夾鍋子裡的肉丸子，並放下公筷。

體驗交往結束之前，我確實用「真由」叫了志乃原。結束之後過了一段時日，在這期間我也一再想用名字叫她，但最後之所以還是回到用姓氏稱呼，是因為我覺得這樣比較順口。從剛認識的時候就這麼稱呼了，現在便難以改口，而且我也認為沒必要為了這種事這麼努力。不過志乃原好像對此感到很不滿。

「我一直以來都叫妳志乃原，很難改啊。妳還不是一樣一直叫我學長，都沒有改。」

「只要你希望我改，隨時都能改口喔。你想要我怎麼稱呼你呢？」

聽她這麼問，我不禁低吟沉思。至今從來沒有人這麼問過我，而且我也沒有特別希望別人要怎麼稱呼我。

「悠太學長怎麼樣？」

「那也太長了吧。叫我悠太就好了啦。」

「咦，不加敬稱嗎？感覺門檻有點高耶……」

「不然學長就好。」

「那就沒有變了啊～」

即使志乃原不甘願地垂下頭，但這也沒轍。對於一個人的稱呼一旦固定下來，當然就會很難改口。如果沒有類似開始交往的這種契機，才更困難。所以那時在體驗交往的特殊狀況下，我才不會對於用名字稱呼她感到抗拒。

「拜託你嘛，學長！」

我把肉丸子夾了過來，並扔進嘴裡。高湯帶出的肉汁在嘴裡擴散開來，沁入身體各處。

……看在她總是為我做了這麼好吃的東西，順從她這點程度的任性也是理所當然吧。

「真由。」

「呼欸……」

我朝她微妙的反應看了一眼，只見志乃原眨了眨雙眼。

「……是妳要我這麼叫的吧。以後在跟妳獨處時，我會用名字叫妳啦。」

當有其他人在的時候，為了防止因為改成用名字稱呼她而引來各種臆測，我還是會用姓氏叫她。如此一來，就沒什麼特別的問題了吧。儘管我得花點時間習慣這個稱呼，但以美味料理的回禮來說這不算什麼。

不知道志乃原是不是猜出我這樣的想法，她用質疑的眼光注視著我好一陣子之後，這才揚起滿面笑容。

「嘿嘿嘿～贏了贏了。」

「我並沒有輸好嗎？而且這又不是在跟妳一決勝負。」

「是是是，真是的～你就是這麼不坦率耶！我最喜歡學長這種個性了！」

「妳完全沒在聽我說話吧……」

我嘆了一口氣，並用湯勺撈起還留在鍋子裡的東西。我本來要留點肉丸子給志乃原，沒想到全都滾進了湯勺裡。

當我想著志乃原應該不會因此而大鬧一番，並警戒地朝她瞥了一眼，沒想到她卻正笑咪咪的。

「……我可以吃掉嗎？」

「嗯，當然可以。」

「妳之後不會對我要求什麼嗎？」

「會啊，名牌類的東西什麼都好。」

「…………還妳。」

當我正要把肉丸子放進志乃原的小碗裡，那個學妹就連忙擺了擺手。

「不不不，我開玩笑的。真的沒關係啦。我只是因為學長每次都會吃得很乾淨，覺得這種感覺很棒，才會這樣笑喔。」

「是、是喔？」

我本來就不是食量很大的人，對於吃東西也不怎麼講究。如果我是個會講究的人，就算是自己外宿也會下廚吧。

大多時候我甚至不會去買超市的熟食，而是靠便利商店的便當解決一餐，就是最好的證明了。

即使如此，我每次都還是會把志乃原的料理吃個精光，是因為真的很好吃。當然，除了味道之外也有其他因素就是了。

「……雖然都事到如今了。」

「嗯。」

「親手做的料理真的很棒耶。」

我吃著飽含高湯的肉丸子，悄聲地這麼喃喃道。

味道或許不敵外面餐廳在賣的菜色。但這確實能增加幸福的感覺。我要是會下廚了，是不是也能讓人感到幸福呢？

……如果是這樣，試著去學做菜好像也不錯。如果能做出比這頓火鍋更美味的東西，想必會有人因此感到很開心。

剛認識不久，當志乃原來到這個家裡的時候，她一度想教我下廚。在那之後就一直沒有請她教我的機會，但說不定現在就是個好時機。

莫名有了這樣的直覺，我也開了口。

「火鍋算是親手做的料理嗎？」

但就在我把話說出口之前，志乃原純真的提問便朝我襲來。

於是我沉默地將肉丸子扔進了張開的口中。

第2話　進入梅雨季

雨下個不停。

大概是氣象局也有明言總算進入梅雨季，已經超過一星期沒有看到藍天了。

從陰暗的天空降下的沉重氣壓感覺像壓在全身上下，讓我出自本能抗拒接觸到外頭的空氣。

然而，課程不會等我拿出幹勁才開始。

時鐘的指針一分一秒前進，終究還是到了距離上課只剩一小時的時間。

「…………完全不想動。」

待在只有自己一個人的家裡，我重重地大嘆一口氣。

一掀開毯子並撐起上半身，就湧上想再躺回去的衝動。

這樣的時間雖然令人鬱悶，但今天有一個約。

為了讓睡昏頭的腦袋可以清醒一點，我便打開窗簾看向外頭。

陰沉的天空，只讓我清醒了一半而已。

◇◆

「早啊。你看起來好像睡得不太好耶。」

彩華一看到我的臉就這麼說。

她穿著白色的無袖上衣，配上一件色彩鮮豔的綠色褲子。散發出黑色光澤感的手提包，應該是她最近才買的吧。

她那道幾乎足以把氣壓吹跑的搶眼身影，讓好幾個走在路上的男學生紛紛回頭看。

「怎樣啦？」

「呃，沒事。」

我使勁搖了搖頭，並走出車站。

從最近的車站到大學，大概是走路十分鐘的距離。

昨天晚上彩華約我「一起去學校吧」。平常即使會約我一起離開學校，相約一起去上課倒是很罕見。

這幾個星期以來，我完全沒跟彩華碰面。

一直以來我們常是順著閒聊的內容約好一些計畫，一旦沒有碰面，說話的機會自然也變少了。

平常當我們在忙的時候，也會沒空回覆對方訊息，因此聯絡的頻率算是比較低。

話雖如此，超過兩個星期連個訊息也沒有的狀況，說不定是高中以來的第一次。

「妳沒帶傘嗎？」

我看彩華手上沒有任何東西，於是這麼向她確認。沒帶傘的話，只要一走出車站，瞬間就會全身濕透。

彩華先是露出一臉費解的表情，這才察覺自己沒拿著傘，並睜大了雙眼。

「糟糕，我忘在電車裡。」

「哇啊，那真是死定了。」

我驚訝地這麼說。

就在我們講著這些話的時候，雨也越下越大，開始變成會從旁邊打過來的雨勢。

「我去跟站務員說一聲！」

彩華這麼說著，就往服務處跑了過去。

我看著那漸漸變小的背影時，視線一隅突然劃過一道閃光。

頓時響起轟隆雷聲，雨勢更是大到就連水桶都快翻掉的程度。

我很擔心水會不會浸到鞋子裡。回家的路上就算了，要是得在襪子濕掉的狀態下上課，心情想必會很鬱悶。

話雖如此，假如一直站在這裡等到雨停，上課就會遲到。都難得早起了，我想盡可能避免這種狀況。

這幾個星期以來，我一次都沒有遲到或缺席。

升上大三之後，畢業所需的學分越來越少也是原因之一。但更重要的，應該是受到某人的影響……我總覺得是這樣。

其實我直到大一秋天為止，也都是維持沒有遲到的全勤紀錄。

我覺得這對學生來說是理所當然的事情，遇到當天課程是從中午才開始的時候，甚至會覺得這麼輕鬆真的好嗎？

然而，習慣是很可怕的一件事。

看著同好會的學長蹺課去玩，卻還是能在這樣的狀況下拿到學分，我就開始產生了蹺課看看的想法。

蹺課一次之後，我不禁發現了一件事。

不會被任何人責備，也不會被任何人束縛，這些全都在自己所掌控的決定權範疇之內。

我手中握有至今的學生生活中從未體驗過的自由。

蹺課幾次之後罪惡感也隨之淡薄，去上不會點名的課程的動力也跟著下降。

直到最近才重拾以前的心態，恐怕是受到志乃原真由的影響。升上三年級的那天，那個學妹心情很好地走在我身邊。

——可以弄清楚原本不懂的事情，是一件好事吧。

即使看在現在的我眼中，這個想法還是相當耀眼。

然而，若是這樣的想法可以衍生出像她那樣精力充沛的性格，我也會試著這麼思考看看。老實說，我真的很羨慕她如此純粹的想法。

「欸，我想拜託你一件事。」

背後突然被人用手指滑了一下，害我「呼哇！」地發出一道難堪的聲音。

我立刻轉頭一看，只見彩華露出竊笑的表情。

「那是什麼聲音啊。你是『呼哇』地叫了一聲嗎？真可愛耶。」

「少、少囉嗦！不要突然碰我好嗎？真的被妳嚇了一大跳！」

「啊哈哈，抱歉。莫名想這樣碰你嘛。」

「妳這說詞根本就不算解釋嘛……不過也沒差啦。」

總覺得以前也有跟她講過一樣的對話，從我們認識這麼久看來，她這樣的舉動應該不只一兩次吧。

越是熟稔，就會自然出現只有在彼此之間才會有的互動。

「那妳傘要怎麼辦？回來還是一樣兩手空空耶。」

彩華手上只掛著她的手提包，沒有拿著任何可以遮風避雨的東西。

把傘忘在電車上當然不可能立刻拿得回來，但我想說至少可以跟車站借把傘吧。

「那我們走吧。」

「啊？喂，等一下啊。」

看著彩華打算就這麼直接走到下著傾盆大雨的外頭，我連忙追了上去。

我撐的傘勉強趕上，幸好沒讓彩華淋濕。大顆的雨滴激烈地打在塑膠傘上。

「……如果我沒有幫妳撐傘，妳是要怎麼辦啊？」

「到時候也只好乖乖淋濕啦。雖然精心化好的妝會掉光，但這也沒辦法嘛。」

「白痴啊。妳會感冒好嗎？」

「反正你還是來幫我撐傘啦，那不就得了。」

「一般來說當然會來幫妳撐傘啊。而且想也知道妳到時候會很傷腦筋。」

我這麼說完，彩華突然間就停下了腳步。

儘管這把傘算是偏大的，還是沒辦法完全遮住我跟彩華，我們的肩膀都開始淋濕了。

我盡可能不讓彩華淋濕，將傘往她那邊傾斜過去。

「難道知道我一定會很傷腦筋，就絕對要來幫我嗎？」

在激烈的雨聲當中，彩華語氣平靜地這麼問。

勉強聽清楚她所說的話之後，我費解地微微歪過頭。

「什麼意思啊？一般來說都會幫忙吧。」

「哦？你不管對誰都是這樣嗎？」

「嗯……確實也是要看時間跟場合而定啦。但基本上不是本來就該這麼做嗎？」

當然，這也是有個限度。如果擺明是自己無論如何都做不到的事，那也只能放棄了。

但既然知道自己能幫上忙，就該採取行動。

「是喔。真是個濫好人呢。」

「這樣就算濫好人嗎？還好吧。」

我這麼一說，彩華就從旁朝我瞥了一眼。

「我倒覺得一般來說，會以自己為優先才是。像我──一直以來就都是這麼做的。我應該也有跟你說過吧。」

「是喔……」

爭論怎樣才叫普通太沒意義了。希望自己的詮釋在世上普遍能說得通的時候，就會用上「一般來說」這個詞。在這種世道，強制處於普遍化的狀況中才叫異常。

但彩華想說的應該不是這種論調吧。

儘管可以推敲出這一點，但我還是不曉得她這番話的含意。唯一可以確定的是，總覺得彩華的表情看起來比平常更沉重了一點。

她會露出這樣若有所思的表情，是受到低氣壓的影響嗎？

我很久沒有看到彩華這樣的表情了。

即使如此，我還是想在此更正一件事。

「高二那時，妳就以我為優先了吧。能在那個狀況下幫助他人的人，想必對任何人都能伸出援手喔。」

說到這裡，我又做了一點補充。

「當然，也是要看狀況啦。但像是讓位給年長者之類的舉動，即使是彩華也會做吧。」

「……是沒錯啦。但那是——」

彩華的話才說到一半，就傳來一道震耳的巨響。總覺得地面甚至微微撼動了一下，讓我不禁縮起身體。

似乎是有一道比剛才還更大更猛烈的雷就打在附近。

四下傳來一陣嘈雜，大家肯定都被嚇了一大跳。看到旁邊還有個學生做出護住肚臍的動作，讓我不禁莞爾。

「哇啊……好大的雷。我們還是趕快去學校吧——呃，喂。」

我的手臂被緊緊抓住了。

只見彩華攀著我的上臂，像貓一樣弓起了背部。

「咦，原來妳怕打雷喔？」

我這麼一問，頭上的陰沉天空又傳來轟隆隆的低響，這讓彩華的身體不禁抖了一下。

「……我、我才不怕。只是嚇到而已。」

「騙人，妳就是怕吧。」

「我才不怕。」

儘管立刻否認，但從手臂就能感受得到她在顫抖，很明顯就是感到害怕。

「妳很怕——」

「我才不怕。」

她像是要打斷我的話一般這麼說，我也只好放棄。

看樣子是沒辦法讓彩華承認她怕打雷了。

旁邊的行人紛紛避開並肩佇足在道路上的我們。與其說是行人，會經過這條路的幾乎都是同一所大學的學生，但我們這樣還是會造成別人困擾，於是我帶著彩華來到道路一隅。

當我開始想著早知道會變成這樣，是不是先回去車站比較好的時候，彩華開口說：

「幹嘛，你是要偷襲我嗎？」

「才不是。妳應該冷靜下來了吧，那就放手吧。」

我甩了甩手臂，然而彩華使勁地抓著不放。

「妳是猩猩嗎？」

「小心我壓扁你喔。」

發現彩華的太陽穴抽動了一下，我於是小聲地說著：「對不起。」向她道歉。這幾乎是脊髓反射般的反應。美人一旦生氣，魄力可是十分驚人。

「我會怕的只有在出門的時候，剛好打在附近的雷。現在只是因為被嚇到的後勁還在，才會變得有點敏感而已好嗎？」

「哈，妳果然怕打雷嘛。」

「少囉嗦！」

「噗呼！」

頭頂被狠狠地打了一下，害我發出聽起來很呆的聲音。

這樣的舉動很不講理，彩華會動搖到這種地步可說是相當罕見。但我也只能把這當作是一次珍貴的體驗。

「……嗯，打了你之後我也平靜多了。我們走吧。」

「妳平復心情的方式會不會太可怕了啊？」

「啊哈哈，抱歉抱歉。」

彩華先是眨個眼又吐了吐舌頭……我看她完全沒在反省吧。

我們重新邁開腳步前進之後，彩華的步伐已經完全恢復原樣了。儘管心裡想著要是這時再打一次雷應該會很有趣，但不知道是不是錯覺，雨勢好像趨緩了一些。

如此一來感覺就再也看不到彩華有趣的反應了。

「……嗯？打了個雷就忘了，但我們原本是不是在聊些滿認真的話題啊？」

我這麼一問，彩華也聳了聳肩。

「啊～好像有這麼一回事。不過算了，那個話題要是繼續講下去，感覺又要打雷了。」

「……沒想到妳真的這麼怕耶。」

即使從高中就跟她相處至今，偶爾還是會像這樣看見她新的一面。仔細回想了一下，跟彩華一起外出的時候，或許真的還沒有遇過突然打下像剛才那種規模很大的雷。

這麼想雖然不太好，但能不能再打一次雷啊？然而接下來完全沒有會打雷的跡象，於是我決定自己模仿。

「轟隆——！」

「啊？」

模仿完打雷的我，面對的卻是彩華冷漠到極點的表情。

◇◆

第一堂課的教室比平常還要寬敞許多。

今天這堂課是以社交溝通為主題。

在選課期間看到必修學分當中有這堂課的時候，我還以為是自己看錯了，不過後來就想到校方會有這樣的安排肯定有其考量。

像是在即將展開就職活動的狀況下，早點做好這樣的安排，希望盡可能讓每一位學生了解溝通能力的重要性之類的。

而且這堂課是所有科系都要修的通識課程，那大概就跟我的預測相去不遠。

來上課的學生當然非常多，也有各式各樣的人。或許就是要這樣才有意義，然而對我來說卻只覺得是在找麻煩。

每次都要跟坐在後面或是旁邊的人湊成小組進行辯論，因此無論如何都必須努力一點才行。

這竟然是想畢業就一定要拿到的學分，實在很壞心眼。

對於那些把這堂課當作拓展自己交友圈的好機會的人來說，應該是很划算的學分吧。

不巧的是，我是把這樣的課程當作麻煩的那類人，然而身旁的彩華就不一樣了。

課程才上到第三次左右的時候，彩華的交友圈已經拓展得很廣了。

她有時候會跟我從來沒看過的人們揮手，或是透過嘴型做些示意之類。

我消弭自己的存在感，看著這樣的她。明明沒有打雷我卻縮起身子，讓我不禁覺得很難為情。

到處打完招呼之後，彩華用開朗的語氣說：

「嘿，好期待今天的課喔。」

「天啊……太憂鬱了……」

除了彩華之外，我在這裡沒有其他認識的人。

彩華總是會為了拓展交友圈而跑到別的地方去，我也必定會因此要跟不認識的人交談。

而且在那些人當中，我至今沒有跟任何一個同學要好到會像彩華那樣相互揮手打招呼，這讓我感到更是鬱悶。

彩華似乎完全沒有察覺我這番心境，聽我這麼說只是愣了愣。

「為什麼啊？你在情人節派對上就算面對不認識的人，不是也還滿健談的嗎？」

被她這樣一講，我便嘆了一口氣。

「我說啊。派對跟上課完全不一樣好嗎？對妳來講或許是沒差啦。」

「哦，是哪裡不一樣？」

彩華用深感興趣的口吻這麼問。

「人們都是希望能有一場邂逅，才會去參加情人節派對。然而大家是為了拿到學分才會來上這堂課。差別就在這裡。」

「咦？這有關係嗎？」

這傢伙沒救了，我得趕緊……不，我也不能對她怎樣。畢竟具備能力的那方是彩華。

「簡單來說，就是認識別人的動力不一樣啊。關鍵是主動還是被動。雙方都是基於被動地湊在一起交談，也不可能聊得起勁。」

我說到這個份上，彩華愣了愣之後笑著說：「什麼嘛，原來是這樣。」

「那我今天就跟著你一起行動吧。我會讓你交到新的交談對象。」

彩華露出想到一個好主意似的表情，我卻完全提不起勁。

只要有彩華在場，大家肯定都會被她吸引過去，我想應該不會有太顯著的成效。就課堂來說，我還比較想自己一個人乖乖等待時間過去。

「來，我們走吧。」

「好啦……」

話雖如此，若是真的可以認識新朋友，確實是幫了大忙。除了這堂課，也有別的必須跟其他科系的學生一起修的課程。為了確實取得直到畢業前所需的學分，有朋友相伴是一大重要的因素。

「反正只要有彩華在，總是會有辦法吧。」

「那我要是不在了，你該怎麼辦？」

「彩華不會不在好嗎？」

「你哪來的確信啊？」

我跟彩華的視線相交。然而只是在轉瞬間對上眼，時間甚至不到幾秒，因此沒辦法看透她的思考。

「我也有可能會被雷劈到吧？」

「妳還在想那件事喔……」

沒想到剛才打雷的事情，好像真的給彩華帶來不小的打擊。

我一邊想著天敵竟是自然現象，感覺也很有彩華的風格，一邊跟在她身後走。我們一路走到教室的正中央，現在學生也只有零星幾個。

我們後面的座位還沒有人就坐，這讓我有點放心地坐了下來。

「你會希望來的是怎樣的人啊？」

「健談的人。」

「嗯～是沒錯啦，但我想說的不是這樣……」

可以將一些雞毛蒜皮的話題，越聊越拓展開來的那種人。我只求具備這一點。

總覺得只要有彩華在身邊，我好像就不用做什麼事，但既然都來上課了，也得換個想法才行。

這種時候不禁思考如果是之前的我會怎麼偷懶，就讓我覺得自己果真是個學生。

「小彩！還有悠太也在！」

無意間傳來這聲招呼，讓我從彩華身上移開視線。

穿梭在來往的三年級學生之間靠近我們的，是個以短鮑伯頭及圓眼鏡為特徵的女生。

月見里那月晃著新月形狀的耳環走過來，停在我們眼前。

「哦～那月，妳也是修這堂課啊。」

我這麼說完，那月就露出不滿的表情。

「我上次還坐在你後面，而且只隔了兩個位子喔。」

「……真的假的？抱歉，我完全沒有注意到。」

「天啊，真過分。不過確實沒有機會打招呼，也沒辦法啦。」

那月噘著嘴，接著就在我身後的位子坐了下來。

彩華看著那月這個舉動，用感到意外的口吻說：

「那月，妳跟這傢伙果然很合拍耶。聖誕節聯誼那時我就這麼想了。」

聽彩華這麼說，我跟那月不禁面面相覷。

她說的是元坂因為喝醉而出糗的那場聯誼啊。因為實在是太過衝擊，我到現在還能鮮明地回想起那天的事情。確實在那麼糟糕的氣氛之中，就只有我跟那月聊得特別起勁。

那月應該也是回想起那件事情，只見她有些害羞地搔了搔頭。我能看見在她那副大大的無度數眼鏡後方的視線，移到了彩華身上。

「哎呀，因為很少有人可以跟我聊漫畫跟動畫這類的話題啊。妳想，我們同好會裡應該沒有這樣的人吧？」

「怎樣的人？」

「感覺像是阿宅的人啊。」

那月的這句話，讓我產生了有些意外的心情。

之前禮奈來到這所大學的那天，那月說過她對於自己被稱為阿宅感到有些抵抗。原因是她會忍不住去在意面子問題——然而，她也希望這樣的自己能有改變的一天。

我不禁回想起右手跟她擊掌時的觸感。

那月也在試著改變自己。

這讓我感到莫名開心，並揚起了嘴角。

「你在那邊竊笑什麼啊？」

彩華眼尖地指出這點，我便使勁地搖了搖頭。

「因為我也喜歡看漫畫，所以覺得很開心啊。我身邊沒有幾個能聊一些比較深入話題的朋友。」

「嗯……也是啦，我也只會看你推薦的漫畫而已。不過算起來其實看了滿多部的，我自己也嚇了一跳就是了。」

彩華淺淺嘆了一口氣之後，那月的雙眼就亮了起來。

「小彩也會看漫畫嗎！這麼說來，我沒有跟妳聊過這一方面的話題耶。妳有在看《排球少年!!》嗎？悠太有推薦給妳看過了嗎？」

「啊，這個我有看！跟其他運動類型的作品比起來——」

正當彩華想繼續說下去的時候，教室內的嘈雜聲頓時安靜了不少。

當我朝著入口看去，只見教授已經走到講台上開始做上課的準備了。

原本都在聊各自話題的學生們，紛紛把注意力放在確保有座位上頭。我們周遭的位子也在轉眼間坐滿了人，就只剩下跟教授最接近的地方還有空位而已。

距離上課時間大概還有五分鐘，但果然只要教授一進教室，氣氛就會跟著改變。尤其是這位教授的課，這種狀況又是特別顯著。那月立刻閉上嘴，探出來的上半身也退回座位。

就在這時——

「是彩華耶。」

我聽見一旁傳來這聲招呼而轉頭看去，只見在校內看過好幾次的臉就在眼前。

薄薄的嘴唇、細長的眼睛，眼尾還勾起眼線，讓她的視線顯得強而有力。她穿著鮮紅色的襯衫，並將一頭染了玫瑰金的髮絲在後方綁成一束，其身影在教室裡散發出格外強烈的存在感。

我記得她的名字是——

「明美，妳也有修這堂課啊？」

對了，明美。我不知道她姓什麼，但偶爾會看到她在跟彩華交談。

對方似乎也有注意到我，「哎呀」地發出一道輕呼。

「你們的感情真的很好耶。我看就是在交往吧？」

「並沒有。」

彩華語氣平淡地否認之後，明美就噘起了嘴。

「咦～你們一直這麼要好欸。彩華也就只有這種地方，從國中到現在都沒變呢～」

——國中。

我所不知道的，美濃彩華的國中時代。

聽明美這樣說，我總覺得彩華的表情顯得有些僵硬。

「妳的狀況還好嗎？最近很少跟妳說上話了。」

「狀況？如果妳指的是籃球，我狀況超好的喔。」

「是喔。」

彩華簡短地回應了一句之後，便揚起嘴角。正確來說，應該是讓人覺得她在笑。在我看來，怎麼樣都抹滅不掉那種生硬的印象。

「彩華，妳真的不打算回來嗎？」

她指的是什麼啊？當我正要深思這一點時，就被彩華的發言阻撓了。

「明美——妳忘了嗎？」

冰冷的語氣，將周遭幾公尺的空間都凍結了起來。

在我視線一隅，只見那月完全僵在原地。她肯定是第一次聽到彩華這樣的語氣……畢竟就連我都很少聽見了。

明美的眉毛抽動了一下之後，「啊哈哈～」地擠出感覺就很刻意的笑。

「我知道啦。我跟男朋友約好了，先走嘍～」

明美揮了揮手，就離開了我們身邊。

她踏著輕盈的步伐，似乎沒有因為剛才那樣的氣氛而心生動搖。接著在明美坐下來的座

位旁邊就看見元坂遊動，我不禁發出了「呃！」的聲音。

彩華好像也有看到元坂，並做出驚訝的反應。

元坂注意到彩華看過去的視線之後，便開朗地舉手打招呼。由於他也對我做出一樣的動作，我只能勉為其難地跟著回應。

後來元坂還覺得逗趣地笑了笑，但被明美拉過袖子之後，便回到他們的兩人世界之中。

「……原來元坂不是在跟由季交往啊。」

「應該是分手之後就立刻交往了吧？」

考慮到元坂至今的舉止，這樣的發展一點也不奇怪。

但對於現在的我來說，這種事情根本無關緊要。

彩華剛才的語氣，不成話語地持續在我腦海中迴響著。

「今天要上的是關於Ice breaking。雖然這算在基礎的溝通範疇之中，但要是能特別著重於這點，就能更加圓滑地——」

我完全聽不進教授所說的話。

身後的那月好像已經動筆寫起筆記，但我總覺得她是為了消弭內心紊亂的心情才會有這種舉動。

坐在旁邊的彩華微微瞇著雙眼看著教授……不，我直覺認為她並不是在注視著教授。

倒映在她雙眼之中的，恐怕是過去的記憶。以前在高中時，我第一次跟她正式交談的前一刻，她在教室裡也是用相似的表情眺望著外頭。

我跟她這麼親近，她卻懷抱著我所不知道的某些事情。儘管內心明白這點本身是理所當然，但要說完全不會為此感到寂寞就是騙人的了。她的周遭籠罩著感覺不能隨便踏入的氛圍，而我只能想著這些事情。

這讓我覺得有點焦躁地緊咬住下唇。

選擇維持現狀，或許正符合我這個人的思考邏輯吧。儘管在內心這麼自嘲地笑了笑，也只會覺得自己很沒用而已。

……要把想說的話說出口。我絕不允許在那件事情當中，就只有自己沒做出任何改變。

我硬是勉強自己開了口：

「欸，妳是在緊張什麼啊？」

「咦？」

「無論妳之前跟那個人之間發生過什麼事，都跟現在的我們無關喔。」

教授比平常還更滔滔不絕地談論關於溝通的理論，但我的聽力全都集中在彩華的反應上，因此沒能把課程內容當成言語聽進去。

然而這卻顯得毫無價值，因為我沒能從彩華的吐息之間感受到任何事情。

本來是想鼓勵她的，卻幾乎沒有起到任何作用。

「也是呢。」

她最後給出的回應當中，不包含任何情緒。這只是為了讓人際關係能夠圓滑地溝通的機械式回應。

若是一旦開始找工作，就會增加像這樣只有表面往來的機會，還真是讓人覺得鬱悶。不過現在這個狀況下，最重要的是彩華對我用了這樣的回應。

雖然說不上個所以然，但在跟彩華的這段關係當中，我相信我們一直都是可以對彼此坦言真心話的關係。就算出社會之後聊天的時間會減少，唯獨這樣的關係會持續下去。

然而──我不知道彩華在想些什麼。一起去溫泉旅行的時候，感覺她想改變這個關係。但她前幾天因為我生病而來家裡照顧我時所採取的行動，又讓我覺得她是為了維持現狀才這樣做。

這兩種行動看似矛盾，其實不然。隨著時間的流逝，可能給彩華的想法帶來了一些變化。也可能是產生了某種契機。如此一想，這又是一件十分自然的事……我總覺得好像明白了主因是什麼。

「專心上課啊。」

彩華感覺有些傷腦筋地朝我看了過來，她究竟正在想些什麼呢？沒想到只是因為「不明白」，就會讓心情變得這麼黯淡。

「看前面啦。」

彩華的指尖戳著我的臉頰。被她這樣推著，我的視線便從彩華轉移到教授身上。

頰邊的空氣因此被擠了出來，讓我發出「噗咻」這般愚蠢的聲音。

彩華看我這樣的反應，輕聲笑了笑。

……現在，還沒關係。

我不禁產生在這個沒有窗戶的教室中聽見雨聲的錯覺，大幅地左右搖了搖頭。

◇◆

「累死人了……」

我忍不住仰望天花板。身體感覺像拖著鉛塊似的，滿是疲憊感。

證明我撐過那什麼Ice breaking的鐘聲響徹教室。Ice breaking的意思並不是真的要去破壞冰塊，而是指緩解飄散於現場的緊張感之方法。只要能在工作之類的時候進行這種破冰遊戲，即使是聚集了一群初次見面的人的場合，也能讓溝通顯得更加順暢，好像還能更有效率地進行接下來的事情。

我本來還抱著「沒必要硬是用英文吧」這樣的感想，但不知道是不是這個念頭帶來天譴，今天這堂課可說是至今最難熬的時間。

在這一個小時內，我跟十幾個第一次見面的學生不斷交談。

我懷著幸福的心情聽著鐘聲響到最後，旁邊的彩華便站起身來。

「先走了，我下一堂還有課。」

「喔……」

我拉回靠在椅子上的體重，並再次窺視彩華的表情。上課的期間，當那月也跟我們一起講話的時候，她感覺一如往常。不但跟平常一樣笑著，緩解緊張場面的能力更是我們小組當中最為出色的一個。

即使如此，我內心還是留有一些不安。我對於這樣一如往常的現況，感受到一種難以言喻的噁心感。儘管這樣的想法讓我內心湧上罪惡感，也無法抹滅。

即便想將這份心情化作言語，我也自知以自己的語彙能力來說難度很高。

「嗯？」

彩華露出一臉費解的表情朝我看了過來。

她跟明美的那番對話，很明顯就包含了我所不知道的過去。但就算現在點出這件事，或許也沒有意義。彩華還不打算跟我講這件事，就算要講，現在這段休息時間也太過短暫。

「沒事。我只是想說妳怎麼都不會累。」
結果，我用這樣的一句話作結。我知道那月在身後淺淺嘆了一口氣。
彩華眨了眨眼，揚起了笑容。那是跟平常一樣的開朗表情。
「你也該為找工作做些心理準備了，趁現在早點習慣比較好喔。」
「……好啦。」
我給出這樣沒勁的回應並聳了聳肩，彩華便露出一抹苦笑揮手。
「那我走嘍。那月也是，掰掰。」
「啊！嗯。掰掰。」
回頭一看，只見那月連忙擠出笑容。但那跟彩華不一樣，能讓人感覺得出是刻意為之。
目送著彩華的背影，我開口說：
「……太假了。」
那月似乎也知道我指的是什麼，便鼓起雙頰。
「因為剛才那樣真的很可怕啊。」
「呃……這倒是啦。」
剛才讓人感受到的，並不是類似「很有魄力」那種單純的恐懼。正因為如此，太過自然的笑容反而更讓人印象深刻。

我自認跟我最了解彼此的人是彩華。若是要套上普遍論調——那就是正因為我們相處起來覺得舒坦的空間是一樣的，才會形成這樣的關係。但與此同時，也醞釀出了一旦對於這個兩人一起構築起來的空間感到不自在，就會瓦解的脆弱面。

這種普遍論調竟能套用在我跟彩華的關係上，不知為何就會讓我感到莫名惱火。然而這樣的情感並沒有投射的目標，只是一味地在腦海中轉個不停而已。

「你剛才也畏縮了吧。感覺明明就有很多想問的事情。」

「少囉嗦啦。我是想改天獨處的時候再問她。」

我這麼回答並站起身來，往教室出口走去。隔了一點時間，那月也在身後跟了上來。

「慎重起見，我先告訴你。我也是小彩的朋友喔。」

「那當然啊。」

「咦？啊，嗯。」

隔著肩膀，那月頓時用呆愣的聲音這麼回應。

那月跟禮奈確實是摯友沒錯。但我好幾次都看到那月跟彩華開心地聊天的樣子，也是不爭的事實。

既然大家都是大學生了，即使她們再要好，也不代表那月就必須斷絕其中一方的交友關係。我跟那月會像現在這樣聊天，就是最佳的證據。

說到頭來，會害那兩個人之間的關係產生裂痕的主因也全都出自於我，或許有點沒立場想這種事情就是了。

「不過那月，在慶祝考試結束那次聚餐時，妳好像對彩華有點微詞吧。」

由彩華擔任副代表的戶外活動同好會「Green」很受學生歡迎，想加入其中就得先繳交志願表並通過審查才行。他們會依據志願表上填寫的自我介紹，挑選出比較能夠融入同好會的人，以維持同好會舒適的環境。所以同好會的成員感覺每天都過得很開心，每年也都有很多對此感到憧憬的新生參加審查。

然而，那場審查其實有著顏值高低會影響到評價的現實層面。當彩華得知這件事的時候，好像也表現出了厭惡。當時在慶祝考試結束的聚餐上，那月所指的就是這一點。採用顏值審查對彩華來說明明是最有利的，說來也真是諷刺。

那月也總算回想起這件事一般，說著：「不不不！」並搖了搖頭。

「所以說，那不一樣好嗎？該怎麼說呢，那的確是我的真心話，但是，嗯～應該說客觀看來會這樣想的意思……話說你為什麼突然提起這件事啊？」

「我只是在想，她會不會曾因為這類的理由，而跟別人發生過爭執？雖然她跟那月的確是朋友啦。」

上大學之後，我就沒聽過關於彩華的負面消息。所以我也放心許多。

但每當像是志乃原或明美等讓人聯想到她國中時代的人出現時，彩華的表情感覺都會蒙上一層陰影。

我第一次在大學校內聽到彩華那樣冰冷的語氣。說不定在我不知道的地方，她很常用這樣的口吻說話。

「你在擔心小彩嗎？」

「嗯。是有點擔心啦。」

「咦～悠太是能擔心小彩哪一點啊？」

「妳能不能說得婉轉一點啊？我的心靈也是會受傷的喔。」

「啊哈哈，抱歉。」

那月晃動著肩膀笑了笑。不管她這樣的反應，我的心感到越來越不安。

彩華那傢伙現在有表現出真正的自己嗎？

那月說得沒錯，我是在擔憂人家並沒有希望我幫忙的事情。

對於接下來就要出社會的我們來說，外向的溝通能力無疑是必備技能。

即使如此，我覺得彩華也不太會去結交能互相傾訴真心話的人。就連在場的那月，彩華看起來也沒有敞開心胸跟她相處。

我至今都沒什麼機會去深思這件事本身。正因為確信高二時榊下的那件事改變了彩華的價值觀，我才會像是自己的事情一般，對於她的變化感到開心。以異性來說，只給自己看到真實一面的狀況或許會讓關係走偏，但我確實為此覺得很高興。

然而，自從升上大學之後，我第一次擔心彩華。

我是在上了高中之後才認識美濃彩華這個人。國中時的她，我就連一張照片都沒有看過。我——

「欸，國中時候的事情應該怎樣都沒差吧？」

「咦？」

我停下腦中的思緒之後，那月傻眼地推了一下圓眼鏡。

「就連我也感受得到現在的小彩有多信任悠太。那不就好了。」

——你「現在」的心情是怎樣？

這是彩華之前對我說過的話。彩華就算表現出真實的自己，那月想必還是會接受。

即使明美做出預料之外的言行舉止，若不是對那月有超過一定程度的信賴，我想她應該不會表現出那麼冷淡的反應……雖然也可能只是她當時沒有餘裕顧及這麼多層面。

不知道我在想著這些事情的那月，繼續補上一句：「難道你不是這樣認為的嗎？」

「……我是這樣想的。抱歉，說得也是呢。」

無論如何，結論都沒有改變。不管在任何時候，重要的確實都是現在這個瞬間。即使是經歷了過去才會有現在，既然彩華不想說，現在就不要多問，才是比較聰明的選擇吧。

我正想向那月道謝，並回頭看去。

結果就看到明美跟元坂從後面走下來，我不禁閉上了嘴。

先注意到我視線的是元坂。從他露出潔白的牙齒笑著朝我靠近看來，說不定對我沒有抱持太差的印象。但畢竟還有志乃原的那件事，應該很難跟他毫無隔閡地相處吧。

「嗨，羽瀨川。旁邊那個是你的女朋友嗎？」

「不是好嗎？你高中生喔。」

我下意識地這麼回嘴。那月也同樣回應：「對啊，怎麼可能。」雖然這個反應讓我很想反嗆：「這樣講也很沒禮貌耶。」但還是強忍了下來。

他身旁的明美深感興趣似的看著那月。那雙細長的眼睛上下動了動。感覺像在打量的視線，讓那月感到困惑地歪過了頭。

「妳戴圓眼鏡滿好看的呢。」

「咦？」

那月發出有些驚訝的聲音之後，對她說了「謝謝」。

明美只留下對圓眼鏡的感想，就拋下元坂，逕自離開教室了。最後看見她的側臉時，嘴角微微上揚著，但總覺得那副表情別有深意。

「她是什麼意思呢？」那月這麼說，元坂便聳了聳肩表示：「誰知道。」

「什麼誰知道，她是你的女朋友吧？」

我忍不住這麼問出口，元坂就一臉不明所以的表情答道：

「是女朋友沒錯，但我又不知道她在想什麼。而且我們也才剛交往而已。」

「你到底為什麼會跟人家交往啊……」

「她還滿漂亮的啊。算是小彩那種類型吧？強勢的感覺也很不錯～讓人很起勁呢！」

「哦～是是是。」

「也太敷衍了吧，還不是你問我的！」

元坂拍了一下我的肩膀。

我不覺得有跟他好到因為吐槽就能順勢打一下的程度，但如果要吵起來也很麻煩，所以我就沒有做出任何反應。

「欸，悠太，如果要這樣繼續聊下去的話，你也向他介紹一下我吧。」

那月這番話，讓元坂快活地笑了起來。

「哈哈，感覺真的很像女朋友耶！真不錯～我覺得你們很配啊。」

「你夠了喔，我才不要好嗎？」

「要不要加個ＬＩＮＥ？」

「在、在這種情況下嗎？……是沒差啦。」

元坂跟那月就在我眼前用ＱＲ Code交換起聯絡方式。跟第一次見面的人能展現出這樣的溝通能力還真厲害，雖然不願承認，但我還是這麼想了。

元坂一邊滑著手機，感覺很開心地開口說：

「妳叫『那月』啊，名字真漂亮呢！往後還請多指教啦～」

「嗯，請多指教了，元坂。」

那月雖然是笑著回應，卻也表現出不小心被他牽著鼻子走的感覺。之後跟她提點一下，如果元坂要約她去喝酒時得小心一點。

「羽瀨川，你要不要也加我一下？」

「先不要～」

「好吧。那麼那月，妳再把我的聯絡方式傳給羽瀨川吧。」

「你根本沒在聽人講話吧！」

「哈哈哈，那就拜託啦！」

元坂留下這句話，就走出教室了。

雖然沒看見明美，但我不禁對於她要是目擊到這個現場會做何感想而產生疑問。真希望他別把我捲入麻煩的問題當中。

「總覺得啊～那一瞬間好像被看扁了。」

「咦？」

我從元坂的背影轉而看向那月，只見她的眉毛微微蹙起。

她說好像被看扁的感覺，八成是指明美剛才的態度。

「……妳想太多了吧。」

「嗯～如果是這樣就好了呢。」

我看得出那月的表情蒙上了一層陰影。正想對她說些什麼時，那月倒是先開口說：

「從小彩的語氣聽起來，感覺她跟那個叫明美的人以前很要好呢。」

「……應該是吧。彩華就算了，明美給人確實是這種感覺。」

從她們會互相叫名字來看，我們的猜測應該八九不離十。

「以前小彩是不是其實也會瞧不起人啊？」

「應該不會吧。」

「……你怎麼能夠斷言呢？那已經是七八年前的事情了喔。」

從國一開始計算的話，確實已經過了這麼久了。一旦像這樣用數字表示出來，真的會讓人不禁思考各式各樣的事情。

從國中生到大學生為止的這段期間經歷了青春期，那在形成人格的過程中占有重大分量，這點無庸置疑。

偶爾會聽說國中時很叛逆的人，一旦升上高中就變乖巧了。我完全不認為彩華屬於這一類型的人，但也無法否定有一絲這樣的可能性。

「被害的那一方會一直銘記在心。我國中的時候曾被霸凌過，所以對於那種負面情緒會很敏感。當然這也有可能只是我的錯覺啦。」

那月嘆了一口氣之後，就朝著出口走去。

我與她並肩走著，正在思考該做何回應才好的時候，那月就在一旁緩緩道來：

「沒事的。我現在也覺得那是一次好的經驗。我並不是希望悠太做些什麼回應才這麼說的，抱歉。」

「這樣啊。」

我簡短地回覆之後，那月愣愣地笑了。

「期間大概只有兩三個月而已。後來欺負的對象就變成其他人，我也跟那個霸凌的人變成朋友了。很可怕吧。」

「……女生還真是可怕。」

聽我這麼說，那月搖了搖頭。

「男生也有相似的一面吧。所以，可怕的是人類本身。」

無意間，我腦海中浮現一個想法。

每當志乃原遇到彩華的時候，都會表現出不悅的感覺。那種氣勢好像只要我沒有在場，她們就會立刻吵起來一樣。

那月說，被害的那一方會一直銘記在心。就像我能清楚記得跟榊下之間的那件事情，人類的記憶想必就是這麼一回事吧。

志乃原之所以討厭彩華的理由。

……應該不至於吧。儘管明白這一點，我還是無法捨去難以釋懷的這種心情。

第3話　經理

上課這種事情，要是內容跟個性合不來的話，就會變成一段著實無聊的時間。

儘管可以從課程重點掌握大致上的課程內容，但不親自上一次課，還是不會知道實際上跟自己合不合拍。

以這點來說，最方便的就是第一堂課了。一開始通常都只是課程指引，因此學生會趁著這次機會進行鑑定。像是教授上課的方式，還有學生上課時的氛圍。基本上會儘量避免同年的學生明顯是少數，或是聚集了很多別科系學生之類的課。

當然，如果是想學的內容，卻因為這些理由而不修這堂課就太浪費了。由於是像這樣綜觀各個面向之後才決定修的課，我自己也心知肚明。

然而，我到現在還是會選錯課。

「到時候準備考試一定會很痛苦……」

我用其他人都不會聽見的聲音悄悄這麼抱怨。

現在上的是生物學。課程重點標出了很廣泛的內容，然而上了幾堂課以來，教授到現在還只講了遺傳學而已。

明明是所有科系都能修的通識學分，教室裡的學生卻只有四十人左右，也更顯得這堂課似乎就是一支壞籤。

或許跟不用點名也有關係，但是我總覺得這間應該可以容納兩百人的教室裡顯得冷冷清清的。

「然後啊～因為有這東西嘛～呃～」

很有特色的語尾口吻留在耳邊，身旁卻沒有可以分享這種笑點的朋友。

勉強可以跟得上教授唸經般課程的人，似乎還不到出席人數的一半。

第一次上這堂課的時候，我猜想著接下來的課程應該會滿有趣的，看樣子是我太過於天真了。

儘管有確實寫下筆記，但我實在不知道自己到底在寫什麼。

通常上這種難度比較高的課程時，彩華總是會在我身邊。

但現在，我旁邊的位子卻是空無一人。

——你哪來的確信啊？

我腦中重複著彩華剛才說過的話。

這是當我說了「彩華不會不在好嗎？」之後，她所做出的回答。

後來就跟平常一樣繼續聊了下去，因此在我感到不太對勁之前，幾乎都要忘了我們剛才有過這樣的對話。

但像現在這樣獨處的時間，彩華的這番話就會漸漸在我心中染上一層陰霾。

她當時立刻接上打雷那個話題，或許只是用來掩飾而已。為了……不讓我察覺。

我自己也覺得只是因為現在沒有一起上課，就這樣聯想實在有些可笑。

說穿了，課程本來就是要基於自己的興趣去決定，換作是平常的我，應該也不會特別在意彩華不在這裡吧。

就只有現在會在意，是因為所有事情都被彩華知道了。

雖然是出自禮奈的建議，但我跟志乃原體驗交往是事實。

而且，我循著自己的意志讓志乃原來到家裡也是事實。

得知了這些事情，卻還沒有任何想法說不定才比較奇怪。關於體驗交往這件事，正因為是彩華，她才會覺得應該是基於某種理由並表示理解。

然而關於後者，就只是為了維持現在的關係，才硬是將謊言吞了回去。就是因為明白這一點，我才會由於一些瑣碎的言行而想了這麼多。當然，也有可能是受了遇見明美所帶來的影響。

我沒在聽教授的說明，拿起了放在桌上的手機。

想了一輪該傳什麼訊息給彩華才好，最後卻還是把手機收回了口袋。

平常應該完全不會多想就傳些無關緊要的閒聊給她，但我現在卻想不到任何話題。

這時手機突然震動了一下，我又連忙拿出來。

『悠，今天去學餐喔。』

——是藤堂。

訊息內容雖然很簡潔，但確實有表達出他的意思。

我原以為是彩華捎來的聯絡，因此無法否認有種撲空的感覺。

不過應該可以轉換個心情吧。

看了一眼時鐘，距離午休時間剩不到半小時了。

我的手指立刻打起字來。

『好喔～』

『你可別太晚來喔！』

『那也要看幾點下課。笑』

我傳出這個連自己也覺得無聊的回覆之後，便抬起頭來。

「雖然時間還有點早，但今天的課就上到這邊～」

一道沒勁的聲音，突然間就宣告課程結束。如果是其他課程，一下課就會聽見四周傳來交談的聲音，然而這位教授獨特的氛圍導致大家都沒有這麼做。

而且說起來我是自己一個人上這堂課，也沒有可以攀談的對象就是了。

直到教授走出教室之後，總算覺得課程告一段落，接著就趴在桌子上。

現在開始就是午休時間。我下一節是空堂，因此可以休息將近三個小時。

我每個月都會跟藤堂一起去學生餐廳好幾次，但今天有種久違的感覺。

再休息個幾十秒就去占位子好了。

正當我這麼想的時候，手機又震動了起來。

『學長，我在學生餐廳占到位子嘍！』

這次是志乃原傳來的。

我一瞬間還以為是自己忘記跟她有約，但無論我再怎麼回想都不記得有這件事。

既然如此，就必須以跟藤堂的約為優先吧。

只要一到午休時間，學生餐廳就會人滿為患，想找個位子都得費上好一番工夫。因此她能替我先占好位子確實令人感激，只是時機點太差了。

而且我也滿期待跟藤堂一起吃午餐，因此毫不猶豫地動了動手指。

『抱歉，我今天跟別人有約了。』

我一送出這句訊息，下一秒立刻就收到回覆。

『等你來喔～！』

這個訊息還附了一張照片。

點開來看之後，我不禁發出「呃」的聲音。

那並不是一句莫名其妙的回應。

因為在志乃原自拍照的旁邊，出現了對著鏡頭比ＹＡ的藤堂身影。

「也只能去了是吧……」

這搞不好是我第一次在不是體育館的地方，跟志乃原還有藤堂三個人湊在一起。

於是我緩緩站起身，朝著學生餐廳走去。

果不其然，學生餐廳人滿為患。

以我念的這所大學來說，能吃午餐的地方不只有學生餐廳，還有校內餐館、咖啡廳，以及露天咖啡廳、便利商店等等，選擇很多元。

即使如此大家還是紛紛聚集到學生餐廳，原因就是以銅板價就能飽餐一頓，價格經濟實惠的關係。

不但菜色豐富，還可以吃到營養均衡的餐點，對學生來講可說是令人感激的一處設施。對於像我這種獨自外宿也不會開伙的人，更是有著極大的恩惠。

在認識志乃原之前，要說我一整天吃得最正常的一餐，就是在這個學生餐廳解決的也不為過。

我在可說是獨自外宿好夥伴的學生餐廳裡徘徊了一陣子，總算看到要找的人了。

藤堂正對著我揮手。

我走過去之後，藤堂那副五官端正的俊俏臉蛋便笑了開來。

「嗨，悠。上一次見面是上星期了吧？」

「是啊。真羨慕你什麼樣的髮色看起來都這麼適合。」

藤堂染了一頭黑髮，那人工的光澤感相當醒目。

在美髮店染出來的黑髮，看起來跟天生的黑髮不太一樣。

「耶～我很久沒有染回黑色了，感覺也挺不錯的嘛。不管穿怎樣的衣服都很搭。」

「是這樣嗎？我沒有染過頭髮就是了呢。」

「你也去染一次看看吧？要是之後進了有這方面限制的公司，你搞不好就再也沒機會染髮了。」

「天啊，我一點也不想思考這件事……」

「我們也差不多到準備找工作的時期了啊。所以說呢，怎麼樣？要染嗎？」

比起之前，最近越來越常思考出社會之後的事情。畢竟已經是大三的學生了，接下來這樣的時間肯定會只增不減。

雖然我一直想逃避現實，但要出社會的時期已經近在眼前。

對於幾乎都是以學生身分度過至今這段人生的我來說，那是完全未知的世界。好像也有人會想著：「只要留級，就能再爽玩一年！」但我沒辦法瀟灑到那種程度。

剩下不到一半時間的學生生活。如果去挑戰一些只能在這段期間做的事情，或許是一段寶貴的人生經驗。

「嗯，我考慮看看。」

「哦哦，真是令人意外的回答。我還以為你會立刻拒絕呢。是受到誰的影響啊？」

「天曉得，我自己也不知道。」

我簡短地回答之後，便環視了四周。

「志乃原不在嗎？」

我這麼問著，就看向藤堂旁邊的位子。
桌上放著志乃原的包包，卻沒看到她本人。
「志乃原去排隊買午餐了。隊伍排得很長，我看她應該沒這麼快回來吧。」
「這樣啊。是說，為什麼志乃原也在啊？我以為今天只有我跟你而已耶。」
我把托特包掛在椅子上，並在藤堂對面的座位坐下。
嘆了一口氣並抬起眼後，只見藤堂一邊揚著竊笑朝我看過來。
「原來如此，你也總算對志乃原有意思了啊。」
「不……不是好嗎？這只是一個普通的問題而已。」
我不禁搶快地這麼回應，才總算是止住這個話題。
要是表現出焦急反而顯得更可疑，從過去的經驗看來這是顯而易見的結果。我國小的時候就常因為這樣搞砸事情。
藤堂沒勁地回應著：「是喔～」看來他並不是真的這麼認為，只是我自己在唱獨角戲而已。
當我對於自己多少有點焦急而感到意外的時候，身後就有人突然大喊：
「嗶啊！」
「唔喔！」

我猛力一個回頭，只見志乃原露出惡作劇成功的得意表情。

我的手肘差點就要撞到志乃原雙手拿著的托盤了。

「很、很危險耶！」

「嗚嗚～被學長罵了～」

志乃原刻意裝哭之後，就將托盤放在我旁邊的位子上。

她將放在對面的包包拉了過來，並在我身旁坐下。

「學長，你在這裡做什麼呢？」

「是你們把我約過來的吧……」

聽我訝異地這麼回應，志乃原笑著說：「開個玩笑嘛。」

「所以說，有什麼事嗎？」

「我也是被藤堂學長找過來的，所以不知道有什麼事耶。好像是要拜託什麼事……藤堂學長，既然學長也已經來了，就請直說了吧。」

藤堂笑著說：「妳的飯可能會涼掉喔，沒關係嗎？」隨後便雙手合十，重振起氣氛。

「志乃原啊，妳幾乎每個星期都會來體育館吧？有妳協助洗球衣甚至裝水之類的，真的幫了我們很大的忙。」

面對突如其來的感謝，志乃原不禁睜大雙眼。

「沒、沒什麼。我不但沒有參加練習，甚至也沒有繳同好會費。畢竟是去體育館打擾各位，做這點事情理所當然。」

「……沒想到妳還滿有禮貌的耶。」

我這麼插嘴，志乃原就氣惱地說：「我平常就很有禮貌好嗎！」

她接著面向藤堂，繼續說了下去：

「而且大家都非～常好相處啊！」

「這樣啊。也是啦，我們的宗旨就是來者不拒嘛。無論何時，我們都很歡迎妳來。」

同時身為同好會代表的藤堂，好像很開心地垂著眼尾笑了笑。

「嗯，真的很謝謝妳。」

「不、不客氣。我才是很謝謝你們……所以說，那個，要拜託的事情是什麼呢？」

「喔喔，對了。嗯，妳要不要加入『start』？」

「什麼！」

忍不住驚呼一聲的人反而是我。

藤堂跟志乃原都眨了眨眼，並注視著我。那種眼神是什麼意思嘛。

「學長，請你冷靜一點。我不會被別人搶走的。」

「就是說啊，悠。要是有哪個傢伙要拆散你們，就等著被我用鐵鎚制裁吧。」

「真不愧是藤堂學長，好帥氣！」

志乃原吹著口哨起鬨，藤堂也撩起瀏海作為回應。

儘管覺得傻眼，我還是問他：「為什麼要請她加入啊？」

「怎麼，悠，難道你反對志乃原加入我們同好會嗎？」

「難道你反對嗎——！」

「加入我們比較好吧？」

「比較好吧——！」

因為志乃原一直在附和藤堂的話，總之我先輕輕揮下手刀讓她閉嘴。

志乃原壓著頭頂悄聲說著莫名其妙的詞彙：「這就是家庭內的那種……」

「我並不是反對。但你突然親自邀請，志乃原應該也很難拒絕吧。」

「對耶。」

藤堂似乎沒有察覺這個盲點，不禁伸手抵住太陽穴。

他既是我的朋友，也是同好會代表。從藤堂具備的這兩種身分看來，說不定會使得志乃原有所顧慮。

志乃原平常總是表現得很開朗，但既然她離開了大學的籃球社，也很難判斷她是不是喜歡籃球。

我只知道她平常幾乎不會碰球。
我朝著志乃原看了一眼，暗示著：「不要勉強自己喔。」
藤堂也立刻對她低頭。
「抱歉，妳不願意的話，儘管拒絕我沒關係！要是因此害妳不想來，對我們的打擊反而更大！」
這是身為同好會代表的真心話吧。最近「start」的狀況很好。但這不是指大家籃球的實力增長，或是為了對抗賽而更加認真參與練習等等這方面的狀況。
而是同好會的參與率飛躍性地提升了很多。儘管同好會出席對抗賽的機會有減少的傾向，但大家都聊得和樂融融，觀賽時也會跟著聲援。
醞釀出這麼好的氣氛，都是多虧了新生們。還有，人在這裡的志乃原。
她會跟同好會的成員們談笑風生，比賽到了白熱化時，還會大聲替各個選手加油。
不僅如此，也會幫忙處理男生覺得很麻煩的一些雜事，有這樣的人在，就會給「start」帶來活力。
就算撇開主觀想法，她也確實在「start」處於一個重要地位。
「藤堂學長，請你抬起頭來。這讓我覺得很開心。」
志乃原笑咪咪地對藤堂這麼說。

「雖然非常感謝你這次的邀請，但我願意加入。」

「…………喂，妳上下文一點也不通吧！」

差點就要會錯意了。藤堂似乎也一樣，他喊著：「被擺了一道～！」輕快地笑了笑。

「呵呵呵，這是之前跟學長學來的～」

「我才沒有像妳這麼故意！」

我對吐著舌頭的志乃原這麼反駁。

藤堂從包包裡拿出一個資料夾，並遞到志乃原的面前。

「那妳下次參加同好會活動時，就帶這份資料來吧。」

「收到！」

志乃原笑容滿面地行了一個禮。

藤堂以燦爛的笑容回應她，接著就站起來，以高達一百八十公分的身高俯視著我。

「悠，那就交給你圍堵嘍。」

「什麼嘛，你是為了說這個才把我找來的啊。」

他應該是要我顧好她，避免她改變心意吧。然而志乃原本人或許是已經開始遙想接下來即將展開的同好會生活，雙眼都亮了起來。

我也覺得總有一天會變成這樣。

看著藤堂去排取餐隊伍的背影，我不禁這麼想著。

「學長，你覺得開心嗎？」

「嗯～還好吧。」

我這麼回答之後，志乃原便笑了開來。

「我覺得如果是剛認識那時的學長，一定會拒絕讓我踏入自己的交際圈喔。」

——志乃原說得沒錯。

就跟除非是打從心底信任的人，不然也不喜歡隨便招待來自己家裡的道理一樣，會盡可能避免對方加入自己的交際圈中。

然而只要牽扯上志乃原，這些顧慮也會變得無影無蹤。

我很難反駁志乃原的這番話，只是要我承認這一點，總覺得也很害臊，於是我選擇保持沉默。

但志乃原一臉看穿我的思緒似的，揚起嘴角說：

「真是不坦率呢。」

「要妳管。」

果真是騙不過志乃原啊。

照這個狀況看來，藤堂說不定也看穿了。

我不禁覺得難為情，便為了買午餐而站起身來。

「那我也去買了。」

「呵呵，好喔～！」

像這樣被學妹纏著，已經完全變成我日常生活的一部分了。

我們之間的感情也確實地一步步變得深厚。

不知道志乃原是不是已經預見這段關係會怎麼發展了呢？

志乃原眼中的景色，又是怎麼映照著我的？

感受著背後傳來學妹的視線，我這麼思考起來。

第4話 「start」

灑落在體育館的橙色光輝，照耀在躍動的選手們身上。聽著球鞋摩擦的聲音，我一邊拿著球在玩耍。

利用離心力讓球從右手臂經過胸口移動到左手臂，並一再反覆著這個動作。

比起在一旁舉辦的女籃紅白對抗賽，飄逸著一頭暗灰色髮絲的女大學生，反而緊盯著在我上半身繞來繞去的球看。

「在想事情？」

禮奈露出愣愣的表情，總算對我這麼開口問道。

前前後後也這樣玩球玩了五分鐘左右，我便趁著這個機會休息一下。

「算是啦。但也單純覺得像這樣碰球很好玩就是了。」

聽我這麼回答，禮奈便露出滿臉笑容。

「呵呵，嗯。你的表情雖然不算開朗，但總讓我覺得你應該滿開心的。」

「是喔？」

「要不是如此，也沒辦法在這麼長的時間一直做一樣的動作嘛。哪像我，本來就不太會碰球，一定撐不了多久。」

以前我也有聽禮奈說過她不擅長球類運動。不過，這還是我們第一次像這樣在隨意玩著球的狀況下共處。

我若無其事地說著：「那妳要玩一下嗎？」便將球交到她的手中。

禮奈接過籃球之後，不禁眨了眨眼。

「好、好大顆……」

「這是男籃用的，所以感覺特別大吧。我剛才是利用離心力讓球轉來轉去的。這很簡單，妳試試看。」

如果是這個動作，就算是初學者也不用擔心會撞到手指。投籃、運球或是傳球之類的，對於有做美甲的初學者女生來說難度太高了，因此能做的動作也很有限。

「嘿！嘿！」

禮奈學著我剛才的動作，讓球從左手臂移動到胸口。

我剛才做的動作是自此再接著從右手臂到左手臂依序移動，並一再反覆，但禮奈做沒多久，球就往前滾落了。

「……嗯，看來這對初學者還是太難了吧。」

「等一下。」

禮奈突然撿起籃球，並做起一樣的動作。

結果，籃球還是在要移動到胸口時滾落。

「……搞不好是胸部太礙事了。」

「咳呼！」

聽見禮奈的低語，我不禁乾咳了兩聲。

禮奈的胸部確實很大，但只要利用離心力，就跟那沒有關係了。我很猶豫到底要不要跟她說這件事，不過現在還是乖乖地按捺下來好了。

「也是呢。都是胸部的關係。」

「唔。」

禮奈嘛起嘴，朝我這邊逼近了過來。當我不禁想著她的肌膚還是一樣帶有透明感時，禮奈就把球還到我手上。

「悠太，教我。」

「咦……」

就算要我教，這對我來說是多年來一直在做的動作，早就已經沒有多想些什麼了。要解釋一件自己只是憑感覺去做的事情感覺很困難。

看來我剛才為了圓場而同意禮奈的說法是個錯誤的選擇，現在反而引火自焚。

但我總不能不去顧及她的請託，便還是繞了幾圈籃球。禮奈一邊說：「好厲害喔！」雙眼也亮了起來。

「怎麼樣，感覺可以辦到嗎？」

「我試試看。」

這麼說著，禮奈再次挑戰繞球。在我有些發呆地看著她一再失敗的樣子時，禮奈忽然間開口問道：

「你剛才在想什麼呢？」

「咦？」

球又滾落在地了。然而這次是朝著側邊滾去。

「我只是有點在意悠太都在想些什麼，才會這樣問問看。」

禮奈勾起淺淺一笑。

聽她這麼問，我本來想著只好如實回答，卻在脫口前趕緊閉上嘴。因為，我剛才在想的是跟彩華有關的事情。

我在想的是，不知道彩華經歷過怎樣的國中時代。這實在是相當無聊的想法。畢竟都已經得出「既然現在跟彩華有這麼深的情誼，她有著怎樣的過去都沒關係」這番結論。

但即使如此還是會不禁感到在意，我自己也確實有著無法分開看待的一面。

「很難開口嗎？」

「不。」

我連忙搖了搖頭。

「我只是在想，大家國中時都是怎樣的感覺而已。」

這個回答讓禮奈眨了眨眼。我的答覆也算是八九不離十。不過禮奈好像接受了我這個說法，「嗯～」地沉吟了一下。

「我國中時……算是滿沉穩的吧？」

「哈哈，這我知道。」

禮奈的個性低調，那時好像不太喜歡站在人前的樣子。禮奈也有說過她以前沒幾個朋友，直到升上高中才產生變化。

上了高中之後，她的朋友好像也自然而然地增加了，但我是直到最近才得知那月也包含在當時的朋友當中。

關於禮奈的性格，肯定有著那月才更加理解的一面。

「悠太在國中的時候，應該是個籃球少年吧。」

「我現在也是啊。妳看我多厲害。」

我看準了籃球從手背移動到手肘的時機點讓它反彈，並用手肘做出像是頂球的動作。這是對比賽沒有任何幫助的技能，禮奈看了卻開心地直拍手。

「好厲害、好厲害喔！悠太，你真的很會打球耶。」

從沒有經驗的人看來，簡單的動作能讓她看得這麼高興，也讓我覺得很開心。但正當我要跟她坦言，自己並沒有她所期待的這麼厲害時，藤堂就從旁現身了。

「相坂，好像有人來找妳喔。」

「咦？」

禮奈朝著入口方向看去，只見那月朝我們這裡揮了揮手。那月的臉才剛在腦海裡浮現而已，讓我不禁覺得有些動搖。

禮奈伸手指著自己的臉，頭也往右邊微微傾去。

那月點了好幾次頭之後，又指了指我，然後在胸口做出交叉的手勢……看來她沒有要找我的樣子。

看著禮奈朝那月小跑步過去之後，藤堂用感到很有趣的語氣說：

「總覺得這個體育館，有越來越多悠的朋友了呢。」

「抱歉。」

我下意識道歉之後，藤堂倒是噴笑出聲。

「笨蛋，她們人都很好，我是要你感到自豪耶。同好會成員的氣勢都超高漲的喔。」

聽他這麼說，我便環視了球場一圈，男學生確實都拚了命地使出華麗的招數投籃。氣氛變得跟志乃原來的時候一樣才更是有趣。

但有一點不一樣的是，同好會的女生成員都會很輕鬆地跑去找志乃原聊天。她們之所以沒有去找禮奈——

「相坂都一直待在你身邊嘛。我想女生們應該都不知道該怎麼做才好吧。」

可能是從視線中察覺出我在想什麼，藤堂便這麼說了。我也搔了搔後腦勺並露出苦笑。

「也有可能是志乃原比較奇怪吧。」

「哈哈，也是啦。不過相坂要再更融入一點也沒關係啊。我女朋友也是，應該說其他女生也都會自己把男朋友帶來參加比賽耶。只要是好相處的人，來到這裡自在一點也沒關係。畢竟來者不拒就是我們的宗旨嘛。」

「……『start』也變了很多呢。」

跟我剛加入的時候完全不一樣。過去的「start」儘管具備同好會特有的自由，跟高年級學生之間的人際關係方面，卻同時有著麻煩的一面。自從藤堂發言的影響力越來越大之後，才有所改變。而且加上彩華的協助，給「start」帶來更大的變化。

「這麼說來，志乃原還沒來呢。」

藤堂這麼說著，便環視四周。

志乃原將在今天正式成為這個同好會的一員。自從她剛開始來參觀的時候就跟同好會成員打成一片，因此儘管已經過了平常迎新的時期，大家甚至有在說還是要替她辦一場歡迎會。一般來說，都不太會只為了一個中途加入同好會的人，特別舉辦歡迎會才是。

可見大家就是這麼喜歡她，還有那個學妹的社交能力就是這樣高得驚人。不過與其說是社交能力，或許該說她很好相處。

「她今天應該會來啊。可能是比較晚下課吧。」

我這麼說著，就將拿在手上的球朝地板拍過去。最近都有參加同好會的活動，打球的手感已經相當接近還是一線選手時的狀況。一路使出讓球像是會自己吸附到手上般的運球，最後投籃時，內心更是充滿昂揚感。

一心想著怎麼還不快點到男子比賽的時間，身體都快按捺不住了。

包括所有課程都有去上在內，我都覺得真虧自己有辦法度過這樣正當的學生生活。藤堂大概也有一樣的感受，便笑著說：「悠也變了呢。」

「與其說變了，應該是回到原樣了吧。你直到大一中途都還是這種感覺嘛。」

「是嗎？」

如果要說我有所改變，那想必是受到某個人的影響吧。但與其說是因為一件戲劇化的事情而有所改變，我覺得比較像是順勢而為。

「直到畢業前，也剩不到一半的時間了呢。」

藤堂靠在牆邊，這麼低語。

剛入學的時候，總覺得大學要花四年才能畢業好像非常漫長，卻也同時想像著結束之後，肯定會覺得只是轉眼之間就畢業了。事實上也是如此，升上大三之後，感覺一瞬間就過了兩個月。

正因為如此，藤堂也才會說得這麼鬱悶吧。

「到了今年夏天，再不仔細思考就職的事情就糟了。何況到時候也要開始實習。」

「成績這麼好的你都這樣想了，我可要再更焦急一點才行。」

我的成績並不是差到極點，但有沒有達到平均值就不太好說了。相對地，我就看過藤堂或彩華直接被教授稱讚過好幾次。當發現就連這樣的藤堂都覺得焦急，我不禁沒勁地嘆了一口氣。

「幸福會跑掉喔！」

藤堂的身後突然飛來一道精力充沛的聲音。他嚇得整個身體都變成「弓」字形，並笑著說：「嚇死我了。」

我馬上就知道這麼說的人是志乃原。她手扠著腰，得意洋洋地挺起胸膛。

「喂，妳突然這樣會嚇到人吧。快跟藤堂道歉。」

我冷靜地指責了之後，志乃原便鼓起了臉頰。但她應該是仔細想想覺得我的抱怨也很有道理，便坦率地低頭致歉。藤堂則是向我抗議：「我不想被人認為是個會因為這種事就要求道歉的人耶。」

然而，我也不是考慮到藤堂的心情才要她道歉。

「不這樣做的話，這傢伙也會對我做出一樣的事情。」

我聳了聳肩這麼說道。

「就算對學長做出一樣的事情，我也不會道歉喔。」

「你看吧，我就說她會——呃，妳好歹道歉吧！」

「這就代表我們建立起如此強韌的信賴關係啊。請問你覺得呢，藤堂學長？你是怎麼想的呢？」

面對志乃原胡亂拋來的提問，藤堂像是感到很有趣地露出潔白牙齒燦爛一笑。感覺他不會說出什麼正經的話。

「悠總是會馬上自我了結一個話題嘛～我覺得確實需要一個像志乃原這樣會一直去逼迫他的類型的人呢。」

「就是說啊，我也是這樣想！」

志乃原開心地點點頭，於是我也只能提出忠告。

「白痴，沒必要好嗎？藤堂你也是，不要太寵她比較好。」

「說我沒必要讓我很受傷耶！」

「就是說啊，不要傷害學妹！」

「你們是在聯手什麼啊……」

面對志乃原跟藤堂的抗議夾擊，我也只能傻眼地這麼說。

他們這麼要好是好事一樁，但我有種預感，好像自己往後會越來越沒有人權了。

「啊，藤堂學長。不好意思，這是正式資料。」

志乃原想起了這件事，便若無其事地重整了表情之後，翻找起托特包。過了幾秒後拿出來的資料夾裡，放著一張文件。

「往後請多多指教！」

「哦哦，終於來了啊！我也會去通知大家。歡迎來到『start』！」

藤堂伴隨著一抹爽朗的笑容，豎起了大拇指。志乃原拿在手上的文件是「start」的入會申請書。

以我就讀的這所大學來說，同好會跟社團不一樣，入會的時候必須受到校方認可，但通常只要有像這樣正式的文件就可以了。雖然也有些同好會是只要透過口頭上或是ＬＩＮＥ之類的往來就可以入會，不過「start」採用的是像這樣有一份正式文件的方式。無論如何，如此一來時不時就會跑來體育館的志乃原，總算正式成為同一個同好會的夥伴了。

「怎麼樣呀，學長？你覺得很開心吧？」

「這個問法也太奇怪了。應該是要說『你覺得開心嗎』才對吧。」

我這麼回答，志乃原就噘起嘴說：「真的很不坦率耶！」這時，藤堂便過來幫我講話。

「就算是表現出這種感覺，您想必也很開心。志乃原加入我們同好會，總不可能覺得不高興吧？」

「……唉，那倒是啦。不高興的話，我早就把妳趕出體育館了。」

都容許她進到自己家裡了，沒道理會因為讓她進到體育館而感到不開心。志乃原的籃球實力雖然很糟，但姑且好像也是有經驗的人，來當經理的話大家應該都會很開心吧。

「天啊……男生耍傲嬌的需求比學長所想得更低喔……」

「少囉嗦，一點讓我嬌的要素都沒有好嗎！」

「你現在是不是對我說了非常過分的話！」

我搶話般做出反應之後，志乃原好像非常吃驚似的，上半身都往後仰去。我得意地哼了一聲，藤堂便拍手笑了起來。在這樣快活的氛圍中，宣告比賽結束的哨聲剛好響徹全場。

就在同好會成員紛紛進入休息的時候，藤堂向大家揮手並揚聲大喊：
「各位，久等了！志乃原加入我們同好會嘍！」
聞言，大家立刻就做出了反應。男生都喊著：「終於來啦——！」並做出勝利手勢，女生也說著：「真由來了耶！」並跑了過來。志乃原轉眼間就被「start」的同好會成員團團包圍，看不到她的身影。這將近半年來的時間，志乃原都一直跑體育館，現在所有同好會成員都認識她了。雖然今天才正式成為夥伴，但大家一定在更久之前就把她當自己人看待。
我在距離以志乃原為中心圍繞起來的半圓人群一步的地方遠觀，但突然有人拋了個問題過來。
「欸，悠太～如果要把真由比喻成小動物，你覺得會是什麼啊？我總覺得她很像小動物耶！」
「美咲，真是太感謝妳了，我也很想知道！」
真的嗎？雖然我很想吐槽她只是在配合人家講話，但志乃原也很常真的做出自然的反應。我換了個想法，說不定只是我個性比較彆扭而已，於是坦率地做出回答：
「章魚吧。」
「至少說個哺乳類也好吧！」
志乃原從人群中衝出來緊緊抓住我的上臂，並粗魯地轉了起來。真不知道她到底是要我做出怎樣的動作，但要抵抗也很麻煩，我就隨便她了。

「章魚也很小啊～」

「也有大型的種類好嗎！而且我還是第一次聽到有人在說到小動物的時候，會回答章魚！」

正當我想著要說什麼回嘴的時候，就看到美咲他們在一旁感覺很有趣地笑著，於是閉上了嘴。

現在的「start」成員都是相處比較融洽的人，但要是在這裡做出像在自家一樣的互動還是不太好。考慮到志乃原之後會待在這個同好會，還是想避免被人臆測我們是不是情侶之類的關係。

儘管比起高中，大家對這種八卦的興趣已經淡薄了一些，然而這麼明顯的態度要是持續下去又是另一回事了吧。

我喊了一聲：「我要去廁所！」就想趕緊離開現場。但不知為何志乃原一副要跟上來的樣子，害我連忙用食指抵住學妹的額頭。

「竟然約女生一起去上廁所……」

對於藤堂惡作劇般的取笑，我吐槽道：「不是好嗎！」便一路跑到入口處。聽見志乃原在後方心有不滿地喊著並追了上來，我於是用一句「快尿出來了啦！」甩開她。

走出大廳之後，立刻就遠離了體育館內的喧鬧。只是稍微向前走了一點，就變成一個沉穩的空間。這是我很喜歡的一個瞬間。說想去上廁所只是個藉口，因此我為了打發時間，就來到了自動販賣機這邊。

「為什麼會這麼貴啊……」

不過是平常賣一百五十圓的飲料變成一百七十圓而已，我就不太想花這個錢了。雖然這跟每個月都一定會花出去的房租相比算不上什麼，但我還是不太能這麼瀟灑地看待。

結果我買了一百二十圓的水，並在自動販賣機旁邊的長椅上坐了下來。在我不斷告訴自己到頭來這才是最好喝的，並潤了潤喉時，視線一隅就看見一道人影。我費解地往那邊看去，只見禮奈正背靠著圓柱站著。

她跟那月聊完了嗎？現在已經不見那月的身影，而禮奈也沒有特別在做什麼，只是眺望著某個地方。因為隔著聲音傳得過去的距離，於是我對她開口道：

「禮奈，妳在做什麼？」

我這麼搭話之後，她的肩膀便抖了一下。

「咦？悠太。」

禮奈不禁眨了眨眼，她的眼神透露出想問我為什麼會在這裡的樣子。我會來這座體育館好歹也有兩年以上了。

人煙稀少的地點，我全都知道。

「那月呢？」

我這麼一問，禮奈的視線便垂下看著地板。

「那月……那月已經回去了。」

「咦，真的假的？」

難得她都跑來體育館了，我本來也想跟她閒聊一下。尤其是我剛看完之前那月推薦的網路漫畫，那種心情更是強烈。

但她如果很忙那也沒辦法，我換個想法，並走到禮奈身邊。

「你這麼想跟她聊天嗎？」

「咦？」

「要不要我叫她回來？」

「不，不用這樣沒關係啦。下次有機會跟她碰面再聊就好了。」

「也、也是呢。抱歉。」

……總覺得有點怪怪的。換作平常，我說不定就漏看了這點。不，若不是夠親近的對象，我甚至根本不會注意到。

如果是其他人，要裝作自己沒有察覺是輕而易舉的事。然而站在眼前的人是禮奈。儘管還是難以抹滅這或許是我太雞婆的想法，但我還是不覺得自己有辦法視而不見。

「怎麼了嗎？」

「咦？不，沒怎麼樣喔。」

「那妳為什麼一副消沉的樣子啊？」

這麼短的時間，應該不太可能是跟那月吵架。而且她剛才還一副要叫她回來的樣子。如此一來，她會呆站在這裡就是基於其他的原因。

「我要是說了，會讓你傷腦筋吧。」

「那就讓我傷腦筋啊。」

聽我這麼說，禮奈睜大了雙眼。她依然垂首注視著地板，但總覺得產生了些微動搖。

我再次說出同樣的話。

「讓我傷腦筋也沒關係。」

我們已經分手了之類的事實跟現在的我沒有關係。親近的人感到消沉時，會想去幫助她也是理所當然。至於前任之間的關係是否適用於這樣的思考模式，看法應該很兩極吧。要是跟別人說起現在這個狀況，搞不好還會得到刻意保持距離對雙方都好的建議。

但我相信讓她在這種時候依賴我，我們重新開始往來才有意義。

在等待禮奈回應的期間，我將喝剩一半的寶特瓶上半部壓扁。

……我是不是說得太簡短了？不知道剛才這麼說，有沒有傳達出我真正的想法。

正當我思索著是不是要再多說點什麼比較好的時候，禮奈悄聲地說：

「……總覺得有點寂寞。」

「寂寞？」

從禮奈口中說出寂寞二字讓我覺得滿意外的，不禁重問了一次。包含我們交往的期間在內，我記得她幾乎沒有說過這種話。

「為什麼會覺得寂寞啊？」

禮奈沉默了幾秒鐘之後，平靜地回答了我的疑問。

「就只有我是念女子大學啊。」

我不禁眨了眨眼。確實包含我在內，無論「start」的成員還是那月，大家都是念同一所大學。但這個同好會有開放讓專科學校及女子大學的學生參加，基本上禮奈也可以入會。

不過禮奈想說的，應該不是這種事情吧。還是會產生就只有自己所屬的主體跟大家不一樣的那種難以形容的疏遠感。因為這個事實而感到陰鬱，但又不想讓別人看見自己沉著一張臉，所以才會來到沒什麼人的大廳殺時間。

要用一句「想這種事情也於事無補」結束這個話題是很簡單，但既然是自己硬要問出她的煩惱，總不忍給出這種回應。

「在我看來，可以體驗兩種環境很令人羨慕就是了。男生頂多只有在校慶的時候才能比較自在地踏入女子大學，禮奈卻能很輕鬆地進來吧。看好的一面就好啦。」

……說完我不禁捫心自問，難道就沒有更機靈的回答了嗎？然而這就是我現在的全力了。換作是藤堂或許可以更讓人振奮起精神，但我不覺得禮奈聽得進去。

一定有某些如果不是由我說出口，就傳達不出去的事情。

「還是有些女子大學特有的樂趣吧？我有時候也會想去看看平時的女子大學是怎樣的感覺。」

「那就來啊。」

「咦？」

「改天來我們學校玩吧？我會帶你參觀。」

「這個嘛……」

我幾乎沒去過禮奈就讀的女子大學。

因為在那裡受到大家的注目，會讓我覺得很煎熬。雖然像女校一樣有明確訂定男賓止步的女子大學算是少數，但依然不會改變很醒目的事實。一想到要暴露在一大群不認識的女生基於好奇而投來的視線當中，我就提不起勁。

但才剛說想去看看，很難立刻拒絕這項提議。

禮奈垂著雙眉，抬起眼神朝我看了過來。

「……下次想去的時候再說吧。」

這就是現在的我盡全力能給出的回應。

總算是撐過這個話題了。當我鬆了一口氣時，禮奈立刻說著「不行」否定了我的思緒。

「想去再說的這種說法，感覺就會當作沒這回事了。之前也是，我都不知道約過你幾次，你還是只有在校慶的時候會來。」

「是、是喔？」

「嗯，就是。下次我約你的時候要來喔。」

「……好啦，我答應妳。」

禮奈流露出前所未見的認真眼神。看來光是覺得引人注目很煎熬這個理由，是拒絕不了她了。

「我想讓悠太了解我的一切。」

禮奈這麼說著，並勾起嘴角。接著她伸手梳著那頭暗灰色的髮絲，並一邊提議：「也順便約那月來好了。」

有那月在的話，應該就不會那麼介意周遭的視線了吧。要是只有我們兩個人，八成會被認為是她的男朋友。看來禮奈也很明白這一點。

「謝謝。過陣子再約我吧。」

「嗯，好喔。」

邁開步伐的禮奈沒有要進到體育館，而是朝著外頭走去。察覺我的視線之後，她便帶著歉意解釋：

「那月是來約我去參加高中同學的聚會。我本來有猶豫，但還是決定去參加了。」

「哦，很好啊。祝妳玩得開心。」

禮奈簡短地說聲：「謝謝。」便再次轉過身去。我靠在門上，目送她漸漸走遠的背影。

原本密布整片天空的雲，在不知不覺間幾乎都散去了。太陽也西沉，四下已經顯得有些昏暗。就只有殘光還留在空中，勉強渲染上一片橙黃。

——這樣做應該沒有錯才對。

我這麼說給自己聽，並回到了體育館內。

一邊想著下一次走到外頭來的時候，應該能看見漂亮的月光了吧。

◇◆

回到球場後，男子組的比賽已經開始了。體育館內充斥著球鞋摩擦的聲音，以及籃球反彈的聲音。設置在球場旁邊的兩張長板凳上坐著十幾個同好會的成員，長板凳旁邊的地板上也坐著差不多人數的人。

年紀各有不同的大家庭。這就是在我們大學中，規模堪稱第二的籃球同好會「start」。

而且，大家都是一臉興奮的樣子。原因很明顯就在於志乃原今天正式以經理身分加入了這個同好會。

一般來說，經理要做的都是選手顧慮不到的事情。記錄投籃成功率、犯規次數，並掌握每一位選手的特徵再進行數據化。還要撿球以及在有人受傷時做緊急處置。能夠做到這些事情的經理，也必然會隸屬於社團。

但同好會基本上都是自由參加，經理就算來了有時也會覺得無所事事。說到要做的事情，就變成只有一些雜事。更何況同好會不會參加任何正式的比賽，也沒辦法從中獲得什麼成就感。

在這樣的狀況下，志乃原卻肯一手接過經理的工作，對大家來說想必是一大驚喜。而且對於可以跟選手一樣輕鬆成為經理，志乃原自己也完全沒有展現出傲慢的一面。

志乃原察覺到漸漸靠近的我，便高興地跳了起來。

「學長，你來得正好！請你去裝水吧！」

「妳剛才不是成為經理了？是我記錯了嗎？」

志乃原手上正拿著可以裝十公升以上的飲水桶。這是同好會成員共用的東西，大家都會拿紙杯來裝水補充水分。原本應該是裝著運動飲料，看來是在這一小時左右的比賽期間喝完了吧。

畢竟正值梅雨季，濕氣讓整座體育館顯得悶熱。會喝得比平常快也不是沒道理。

「因為因為，這要是裝滿提過來我的手就斷了啦。絕對拿不動嘛！」

志乃原鼓起臉頰時，從長板凳那邊傳來一道呼喊：

「對嘛～你就幫個忙啊！」

這道格外開朗的沙啞嗓音，來自弓野大輝。

他是我自從加入「start」之後就認識的朋友，現在是這個同好會的副代表。原本似乎是漂亮的褐髮，現在則染了黑色。根據他本人的說法，是因為喜歡這種人工的黑色。不過原本他就留著平頭，我實在看不太出來顏色的差異就是了。

「經理說的話～絕對要遵守～」

當藤堂語氣呆板地說著，同時高舉起右手時，幾個沒有加入話題的人也跟著朝我這邊舉起手來。

「煩死了，你們坐在那邊看比賽就好了啦！」

大輝跟藤堂聽我這麼回應他們的起鬨，兩人甚至笑到拍打起地板。

無可奈何之下，我從志乃原手中接過飲水桶，並跨步走向供水設備。從體育館出來大概走一分鐘的地方就有供水設備，可以從那裡裝飲用水。這對於要用到飲水桶的「start」來說，是個可以節省經費的設備。

當然，這並不包含在包下體育館的費用當中，飲用水的部分也會確實請款，但心情上還是覺得很划算。

走了幾步，在可以看見供水設備的同時，我也察覺到從身後一搖一擺地跟上來的人影。

「……妳為什麼跟過來了啊？」

一回過頭我就這麼問，志乃原則是一臉若無其事地答道：

「咦？我想說學長應該會覺得寂寞吧～」

「誰會在這短短的時間內覺得寂寞啊！妳當我兔子嗎！」

「別這麼客氣啊～兔兔很可愛喔。」

「妳是在對現在的我說嗎……？」

我戒慎恐懼地確認了一下，只見志乃原笑著說：「當然！」

這讓我不禁閉上嘴，同時扭開了水龍頭，專注於將水裝進飲水桶裡。志乃原在身後跳來跳去的，害我很想說到底誰才是兔子。

「欸，志乃原。」

「現在請叫我真由～」

「為什麼啊？」

「因為現在又沒有別人在場。」

……我的確說過當我們兩人獨處時會用名字稱呼她。但那是指像在自己家裡之類的，整個空間只有我們兩個人的時候，再怎麼人煙稀少，總不能在這座體育館——

「學長，現在是兩人獨處的時候喔。你看，這裡除了供水設備什麼也沒有，就算有人要來也只會從後面過來。更何況還能看到幾十公尺遠的地方。如果走廊側邊有廁所或許就另當別論，但看起來並沒有對吧。」

「好可怕，妳好可怕。」

看著一口氣斷言的學妹，讓我不禁往後退了幾步。

志乃原鼓起雙頰，身體朝我逼近過來。我已經經歷過很多次這種事了，但這次的距離拉得比平常還要更近。我想逃離逼迫到眼鼻前方的志乃原，便拿起了正在裝水的飲水桶。

這時碰到容器邊緣的水，朝著意料之外的方向噴去。

「唔呃！」

「呀啊——！」

一道冷水就這麼噴到衣服上，但只有一點點而已，讓我鬆了一口氣。雖然嚇了一跳，但除非是冬天，不然只是弄濕這點程度算是沒什麼大礙。

當我這麼想著並看向志乃原時，只見學妹用害臊的目光抬頭看了過來。這時我的視線往下看去，不禁就僵在原地。

水好像幾乎都噴到志乃原身上了。志乃原的上半身濕答答的，內衣都透了出來。貼在身上的T恤也讓人看到她的肌膚，讓我硬是抬起了視線。

「抱、抱歉。」

當我揚起生硬的笑容，志乃原也勾起了嘴角。

「學長，你竟然還能控制噴水的方向，真是個不得了的變態呢。」

「不，真的不是。真的不是妳說的那樣！」

我怎麼可能有辦法控制噴出的水流，但就結果來說水還是全噴在志乃原身上，讓我百口莫辯。

「沒關係啦，沒關係。如果是學長，我也不會覺得不開心。只是既然給你留下一個美好的回憶，相對地，我想問你一件事情。」

「咦？」

「這幅光景如何呢？」

……我實在很想問她到底是懷著怎樣的意圖，但要是把話題弄得太複雜並拖延下去，說

不定就會有別人過來這裡。現在最重要的還是趕快結束這個話題，讓她去換衣服。

面對志乃原的質問，我語氣生硬地回答：「真是太棒了。」

「請你認真點回答好嗎！」

「沒、沒想到是藍色的呢。」

「那我下次穿黑色的好了。而且學長實在太冷靜了，該怎麼說呢……很討厭耶！」

「我要走嘍。」

這麼說著，我就用雙手提起變得相當沉重的飲水桶。畢竟水都裝到快滿的程度，應該會比走過來的時候還要更加消耗體力。

「哼……那麼學長，我姑且去換個衣服。」

「什麼姑且，妳要是一直都這副德性也太糟糕了吧。」

「還不都是學長害的。我會在學長抵達球場的時候跟你會合，請你慢慢走喔！」

志乃原用精神飽滿的聲音這麼說，便朝著更衣室跑去。

女生更衣室位在前往球場入口處的中間地帶，也就是反方向的地方。我要是照著這個步調走下去應該很難跟她會合，於是就在走了一段路的地方先將飲水桶放在地上。要是她因為沒能順利會合，感覺就會在藤堂他們面前鬧脾氣，那就沒轍了。

她就算鬧起脾氣，藤堂他們應該也只會毫不介意地笑了笑吧。對志乃原來說，這個同好會裡還有一群很好相處的高年級生在。

這時一道球鞋摩擦的聲音，將我從思緒的浪潮中拉上岸。

還以為是志乃原來了，但當我抬頭一看，只見令人意外的人物站在眼前。

「咦，你是彩華的那個朋友嘛。」

用一雙細長的眼朝我看過來的正是明美。她晃著一頭玫瑰金的髮絲，好像很感興趣地瞇細了眼睛。

「你叫悠太是吧？原來你是這個同好會的人啊。」

「是啊。ＹＯＵ為什麼來到體育館？」

「這個嘛，我只是來露個臉而已。今天社團不用練習，所以我想來活動一下身體。」

明美裝出接受採訪的外國人語氣，逗趣地這麼回答。這讓我們之間產生知道那個知名節目的共通點，也讓我發現她配合度很高的優點，並暗自鬆了一口氣。

要是現在這個兩人獨處的空間中，流露出在課堂上遇見對方時的那種微妙氛圍，我實在承受不了。

「哦，社團啊。」

我不禁語帶尊敬地回應。

透過之前在課堂上的對話，可以得知她國中時跟彩華一樣是籃球社的，但從對她的第一印象看來，很難想像直到現在還有參加社團。

跟加入同好會開心地打打籃球，想自由調配時間的我不一樣。

眼前這位叫明美的同年級生，可是喜歡籃球到不惜花費莫大時間去參加社團。

「就是社團～還是打第四棒的喔。」

「妳棒球社喔？」

「哦哦，吐槽得好。」

明美一邊笑著，還做起了揮棒動作。

這讓我瞥見已經換上練習球衣的她身體露出來的部分。在這座體育館內，應該沒有像她這樣身材如此結實的人吧，我都不禁坦率地感到欽佩。

「我是不是要接上一句『還好啦』。」

「咦？」

「哇啊，我該不會猜錯了吧？我以為你可能會想『這傢伙皮膚真白啊～』。」

這讓我噴笑出聲，並搖了搖頭。

「我是在想妳的身材真結實。不過，皮膚確實也很白。室內運動在這方面來說真的有好處對吧？」

「就是說啊，竟然對這個優勢這麼懂，你真行啊。我看你沒帶把吧？」

「有好嗎！」

聽我這麼反駁，明美一邊拍打著自己的大腿笑了起來。

一改在課堂上她給我的印象，總覺得非常健談。說不定明美本來的個性就是這樣。

當我這麼想的時候，隔著明美就看到志乃原朝我們這邊走來。

於是我單手拿起飲水桶，並高舉起空出來的手。

志乃原回應我的動作，開心地朝我這邊跑了過來。她就跟平常一樣，一臉開朗的表情。

然而，那也只有一瞬間而已。

明美一回頭，志乃原跑過來的速度便明顯放慢下來。不知不覺間，她的表情也變成虛假般的笑容，讓我內心感到費解。

「哦，志乃原啊。」

明美開口的語氣，就跟在課堂上那時一樣。聲音聽起來讓人覺得冷酷，但我無法確認她現在的表情。就只有志乃原看起來似乎感到害怕的神色，是唯一的線索。

我輕輕觸碰了明美的肩膀。

明美抖了一下做出反應，並將注意力放回我身上。

「嗯？」

「呃，那個……」

我早就知道志乃原認識明美了。畢竟彩華跟志乃原在國中時，待在同一個籃球社團。如此一來，明美也理所當然是志乃原的學姊。

我一瞬間還在想自己是不是妨礙到她們久違的重逢，但看到志乃原的表情，就知道這份好意或許只會幫倒忙而已。

——志乃原皺起眉間，並緊抿著嘴唇。

她立刻就撇開跟我對上眼的視線，怎麼看都是一副很彆扭的樣子。

我這時回想起志乃原之前有離開過大學的社團。那是在剛認識的時候她親口說的。會叫我「學長」也是因為才剛離開社團，還不習慣用其他方式稱呼年長者的關係。

當我從這個事實引導出其他念頭之前，明美再次向志乃原搭話道：

「妳的傷比較好了嗎？」

志乃原依然沉默不語。

她的目光也還在游移，一副靜不下來的感覺。

明美像在催促般說了：「嗯？」志乃原這才開口說：

「……是、是的。呃，託學姊的福。那時突然離開社團，真的很抱歉。」

這句回應十分微弱，甚至到了我從沒聽過她這麼說話的程度，害我懷疑自己是不是聽錯了。一個天不怕地不怕的學妹，不但會當面跟元坂對峙，還會頂撞彩華——這就是我對志乃原的印象，然而……

「既然是因為受傷，那也沒轍啦。何況妳的投籃技巧也糟透了。不過難得可以再跟妳參加一樣的社團，還是覺得有點可惜。」

明美這句話，讓我回想起志乃原一開始來到體育館那時的事情。那個時候看到志乃原的投籃，確實就連籃框都沒有碰到。當時籃球撞上籃框正下方的籃板，反彈回來之後還直擊她的臉，那幅光景讓我印象深刻到現在回想起還會笑出來。

那如果是因為受傷造成的影響，就完全是另一回事了。不過直到她投籃為止的一連串動作，印象中看起來都沒有讓人覺得有受傷的樣子。

在我如此沉思的時候，明美繼續說了下去。

「彩華在聽說妳離開籃球社的時候，也嚇了一跳喔。」

「這、這樣啊。彩華學姊也……」

一提起彩華，志乃原的表情又更沉了下來。明美敏銳地察覺出這個變化，便問了：

「咦？怎樣？」志乃原則沒有回答這個問題，只是低著頭而已。

這跟她剛碰上彩華時相比，態度明顯不一樣。

即使是在彩華面前，志乃原也完全沒有表現出害怕的樣子。甚至還有過要不是有我壓制著，不知道會演變成怎樣的危險場面。

然而現在的志乃原只能咬著下唇，低頭不語。明美說話的語氣也和彩華講話時完全不一樣，感覺很有壓迫感。

這麼說來，她好像說過國中時的學姊很可怕之類的，我不禁回想起這個無聊的記憶。

「欸。」

我一向明美搭話，她本來有些嚴厲的神情就立刻變得很開朗。

「怎麼啦？」

「嗯。明美……同學？真沒想到志乃原之前也是大學籃球社的，嚇了我一跳，不過原來妳還是現役選手啊。」

我有點猶疑不知道該怎麼稱呼她，結果明美輕快地笑著說：「我們同年耶。不用加什麼同學啦。」

接著又說：「對啊，不但是現役選手，還是王牌。高中時我也有參加過全國大賽喔。」並彎著手臂隆起肌肉。

「哦～妳剛才說第四棒是這個意思啊……真是厲害。不但參加過全國大賽，在大學社團中還是王牌，有夠讓人尊敬耶。」

雖然這是為了讓明美的注意力從志乃原身上移開才開啟的話題，但我也真心感到佩服。

一旦參加社團活動，像是打工的時間以及其他的自由時間就會減少很多。也會失去很多參與那些一般大學生都會想去玩的活動的機會。

明知如此，還是想再一次花上許多時間，為了拿出成果而忍受艱辛的練習。要參加社團，還是同好會。當新生還沉浸在剛撐過大學考試的解放感之中時，就要在這兩個選項之間做出選擇。不過對於實力足以參加全國大賽的人來說，或許就只有一個選擇而已。

即使如此，看在我這個毫不遲疑追求自由而選擇同好會的人眼中，在社團扛起王牌的明美確實是有些耀眼。

明美聽了我的回應便眨了眨眼，隨後謙虛地說著：「沒那麼厲害啦。」

她的語氣比剛才還要柔和許多，這才讓我鬆了一口氣。

「對了對了，悠太，我可以問你一個問題嗎？」

「什麼事？」

我一邊這麼回答，就將飲水桶交給人在明美身後的志乃原。

這樣她就有個藉口可以回到球場上了。

我不知道明美有沒有察覺我的意圖，但她只是朝著後方瞥了一眼。志乃原瞬間就垂下視線，所以應該是沒有對上眼吧。

明美似乎有點猶豫要不要在這個狀況下向志乃原搭話，但她最後還是重新面向我說：

「我剛才就很想問你了。悠太，你跟彩華超要好的對吧？我一直很在意你到底是怎麼攻陷她的。」

儘管語氣很輕鬆，但我還是能感受到她的注意力並沒有完全從後方的志乃原身上抽離。志乃原只要趕快回去就沒事了，但不知道是否在顧慮明美，只見她把飲水桶放回地板上。一旦放下，接下來不就只能在這邊等到我跟明美講完話了嗎？

面對不明所以卻得多加顧慮的現況，我在內心嘆了一口氣，並試探起明美的表情。明美在等待我的回答，然而她的態度相當從容，或許是確信志乃原會在這邊等我吧。

「……我才沒有攻陷她。妳想嘛，我又配不上她。」

我開玩笑般張開了雙手。

儘管我一點也不想自己說出這種話，但為了優先緩和現場的氣氛，似乎是必要的犧牲。

明美聽了我的話，就朝著右側歪過了頭。

「不是配不配得上那種程度的事情好嗎？既然能攻陷那個固執的人，我覺得悠太就已經比其他男人還更有魅力了。」

「謝……謝謝？」

不知不覺間她也將我的名字叫得這麼順了，但在我對此產生感想之前，她便拋出了不得了的邀約。

「欸，要不要現在去約個會？」

「啊？」

我不禁發出奇怪的驚呼。能預料到會被幾乎算是第一次見面的人這樣邀約才有問題。而且，明美正在跟元坂交往吧。

「哎呀，難道是第一次有人這樣約你？我這是在搭訕耶。」

「不，先等一下。明美，妳是元坂的女朋友吧？」

「咦？啊～是啦。對耶，說是約會好像不太好。嗯……」

明美將拇指抵在下巴，並沉默了幾秒鐘。換作是平常，志乃原就會趁著這個時機介入了，然而她依然乖乖地待在後方。

隨後明美直直豎起食指，並露出開朗的表情。

「那麼，我們兩個一起出去玩吧！」

「意思一樣好嗎！」

我這麼吐槽之後，明美喊著：「哎喲～」做出不滿的反應。

「玩一下又不會怎麼樣。你就算交了女朋友，也會跟彩華兩個人一起出去玩吧？我不知道這到底有什麼差別耶～」

「不，我——」

——話說到一半，我便吞了回去。

我正打算說出口的話，對明美來說是一種稱不上條理分明的情感論。但這很難向不明白我們之間發生過的原委的人說明，因此我不禁閉上了嘴。

一想到禮奈當時的心境，我就覺得自己的心一陣抽痛。正因為明白那傢伙心痛的程度更勝於此，我的心情也跟著低落下來。無論禮奈多麼否定我自責的念頭都一樣。

「你就這麼討厭跟我去玩嗎？」

「咦？」

或許是把我的沉默當成拒絕，明美有些不滿地這麼說。但她這次立刻就淺淺笑了，並繼續說下去：

「不過，算了啦。我也要忙著去社團練習，既然你現在不給我回應——」

明美從口袋裡拿出手機，並出示了綠色的畫面。

「來，ＱＲ Code。來掃一下啊，快點。」

「啊，嗯。」

照著她所說的，我拿出手機讀取了條碼。接著叮咚一聲，就出現了加入好友的畫面。好久沒跟別人交換聯絡方式了。

「我也不知道會不會傳ＬＩＮＥ給你就是了。你可是錯失了一大良機喔～」

明美惡作劇般的笑了笑，我便反手朝她揮了兩下。

「哇啊，竟然擺出這種態度。真不愧是彩華的男朋友，做的事就是不一樣呢！」

明美好像感到很有趣地笑了笑，目光便朝著旁邊撇去。在她視線前方的就是志乃原。

「妳國中時跟彩華很要好嗎？」

我若無其事地這麼問了明美之後，內心立刻感到懊悔不已。

儘管是想拉回明美的好奇心，應該還是有更好的問題才對。

昨天在課堂上感受到的那種氣氛，雖然不是糟糕透頂，但也很難稱得上要好。

然而明美卻很乾脆地點了點頭。

「嗯，還不錯啦。畢竟以前彩華是隊長，我則是副隊長啊。」

「哦……隊長啊。」

我還是第一次得知彩華以前擔任隊長。不過這麼說來，確實很容易就想像得到彩華統領著隊員的樣子。那時還不會去做表面工夫的彩華，想必是以她的領袖魅力帶領整個社團吧。

在我覺得欽佩的時候，明美瞇細了雙眼。

「隊長是彩華。我是副隊長。」

「咦？喔。」

由於這是我第一次知道彩華擔任過隊長，不小心就只針對這一點做出反應。

我笑著敷衍過去之後，明美淺淺嘆了一口氣。

「但我也能明白你只關注彩華的心情啦。她當時真的非常不得了。」

「哦，有這麼厲害啊？」

我從來沒有機會見過彩華打籃球。主要原因在於高中的體育課是男女分開上的。然而彩華要是有那麼突出的表現，我應該也會有所耳聞才對，卻從來沒有印象。

這聽起來有些不自然。眾所矚目的存在若是做了顯眼的行動，應該一整天都會蔚為話題才是。這就是讓我感到難以喘息，卻也有著深刻回憶的高中生活。

既然如此，她八成是裝作很不會打球吧。我總覺得這很不像彩華會做的事情，因此抱持著質疑。就像要肯定我這個思維一般，明美一再點了點頭。

「她當時應該有全國等級吧。名聲也傳得滿廣的。」

「哦，不愧是彩華。」

「我現在的程度也差不多是這樣喔。搞不好還更勝於她呢。」

明美的嘴勾起了一道弧度。她的眼神中靜靜燃起鬥志，這讓我明白過了這麼多年，她還是將彩華視為勁敵。

「我本來還有想過要是來這裡，搞不好會遇到彩華在打籃球就是了，但這應該不可能吧。」

明美感到無趣地這麼抱怨，視線便轉移到志乃原身上。她先是跟明美對上眼，短暫地回視了一下，最後又撇開了目光。

「是說，原來志乃原也跟悠太很要好啊。彩華知道這件事嗎？」

「……她知道。」

「哦，妳有乖乖跟她打過招呼喔？」

「不，那是……呃，算是順勢得知了這件事。」

「喔，這樣啊。但是——」

正當明美話說到一半時，我插嘴說了：「等等。」雖然介入的方式多少有點強硬，但或許是少了一些隔閡，明美很坦率地閉上了嘴。

「嗯？怎麼了嗎？」

「……我們都已經是大學生了。就算沒有學長姊管理，也能自行判斷了吧。」

國中的時候，光是有著一歲差距就會給判斷能力的好壞程度帶來很大的影響，因此主要都會請教學長姊。雖然大多是跟社團活動有關的事，但對她們來說或許私生活亦然。

然而現在的我們是大學生，也已經成年了。明美還要干涉志乃原的人際關係，怎麼想都很不自然。如果跟工作有關倒是另當別論，但現在並非這樣的狀況。

「學長……」

自從明美來了之後，志乃原第一次抬頭朝我看了過來。

從她的眼神之中感受到某種訊息之前，就被明美那帶笑的視線給打斷了。

「原來如此。『下一個』是悠太啊。」

明美這麼說著，就朝我看了過來。剛才聊開的氛圍已經蕩然無存，大廳重返一片寂靜。

明美重新面向志乃原。

志乃原一臉有些緊張的樣子，抬頭看向明美。

兩人一瞬間對上視線。

「……在悠太面前這樣說是有點過意不去，但妳也應該考慮一下離開社團的時機。關於這點，妳反省一下比較好。」

「……好的。真的很抱歉。」

我無從得知她們講的究竟是哪件事情。但搞不好志乃原是在像大賽前那樣忙碌的時期離開社團。

看志乃原坦率地低頭道歉，明美便爽朗地露齒一笑。

「很好！」

這麼說著，她便伸手揉了揉志乃原的頭。

這時志乃原才總算第一次露出生硬的笑容，讓整個緊繃的氣氛緩和了不少。

「話說我問你們兩個，我可以進去球場一下嗎？我投幾顆球就會走了。」

聽她這麼說，志乃原率先說著：「這邊請。」就指引她走向入口處。我拿起就這麼放在地上的飲水桶，跟在兩人後頭走去。

抵達球場時，剛好進入了比賽結束的休息時間。

明美的目光盯著籃框，就對志乃原喊了一聲：「傳球。」

她幾乎沒有看向投過來的籃球就能接到，而且一刻也沒有靜止，便以流暢的動作投籃。連續投進了五六球之後，明美一臉滿足地點了點頭。

「悠太。這裡很不錯呢。」

「咦？」

明美的低語讓我感到意外，於是不禁反問。不過就平常都身處在社團環境之中的明美看來，好像並不會覺得我們只是玩玩而已。

「剛才你們在練習的時候，我稍微看了一下。感覺大家都很純粹地在享受打籃球的樂趣，真是不錯。」

「是啦，打籃球很開心啊。」

雖然是這麼回答，但我總覺得明美平淡的語氣好像不太自然。不過我也不知道那是不是針對同好會活動的話題。

「啊，你不相信對吧。」

確實被她說中，我不禁沉默以對。結果明美用輕鬆的語氣說了：「是沒差啦。」

「悠太，你應該是因為某種契機，才跟彩華這麼要好的對吧。」

這句話問得很突然，不過我還是說著：「是啊。」肯定她的說法。儘管不打算跟她說得太詳盡，但承認這點也沒關係吧。反正我問心無愧。

「我就知道。」

明美感覺就像想通似的點了點頭，並將滾落在一旁的籃球自下方向上撈起。她先是盯著那個橘色球體看了一陣子，才隨手往籃子扔去，卻打到邊緣的地方並彈了出來。籃球掉到地板上，小幅度地彈跳了幾下便滾了過來。而明美只是面無表情地看著這一切。

「男籃用的球果然很重呢。」

她聳了聳肩，並把籃球交到我手上。因為她就這樣直接往體育館的出口方向走，我連忙追了上去，明美卻突然停下了腳步。我一個前傾，鼻尖差點就要碰上那頭玫瑰金的後腦勺，幸好勉強迴避掉了。

「啊～有件事我忘了說。」

「怎、怎麼了？」

「『她』要是變得消沉，全都是我害的。」

「什麼？」

「掰掰啦～彩華的朋友。」

明美留下這句話，離開了體育館。她大概是要去更衣室吧，一轉個彎馬上就不見人影。

但在轉瞬間看見她的側臉，感覺格外冷漠。說不定是我看錯了。然而在這個體育館中，明美直到最後都沒有敞開心胸。她會稱我為「彩華的朋友」，就是在暗示自己並非我的朋友。

她是基於某個目的，才會來到這裡。

當發現彩華不在這裡的時候，對明美來說想必馬上就會離開了吧……既然如此，她為什麼還要做出那種奇怪的搭訕舉動，更半強迫地跟我交換了聯絡方式呢？

「欸，學長。」

看不見明美的身影之後，志乃原便過來向我搭話。

「怎樣？」

「你會覺得明美學姊很可怕嗎？」

「不會……與其說是可怕，她給我的印象比較接近摸不透在想什麼吧。」

「這樣啊……我一直覺得學姊很可怕。」

「嗯，妳看起來就是很怕她的樣子。她國中時很凶嗎？」

志乃原流露出苦笑。

「對。真的很不得了。」

「是喔。那她算是變得圓滑了呢。」

我這麼一說，志乃原就點了點頭。雖然那僵硬的表情讓我有點在意，但下一刻她就露出一如往常的笑容了。

「幸好事情沒有演變成那個人會頻繁來這裡呢。」

「畢竟她是參加社團的嘛。今天應該只是特例吧。」

我自己是這樣說，但還真不曉得今天是怎樣的日子。明美要跟彩華說上話的機會，自從升上大學之後應該多的是吧。我倒覺得最有可能的只是明美一時興起。

「對耶……確實差不多是現在這個時期呢。」

不過志乃原用想通似的語氣這麼說，讓我感到有些意外。

「最近有什麼事嗎？」

「也不是什麼奇怪的事。只是以全國大賽為目標的隊伍，卻在很早的階段遭到淘汰。僅此而已。」

志乃原說得沒錯，這是隨處可見的事情。對當事人來說或許相當衝擊，但站在旁人的立場聽來，會覺得也是有這種時候吧。

但有鑑於明美在經歷國中時期之後，曾在高中參加過全國大賽，再加上她將彩華的實力評斷為比當時的自己還要優秀的事實看來，很快就遭到淘汰的結果是有點不自然。

在一決勝負的世界當中，沒有人知道會發生什麼事。雖然是用這種近來隨處都能聽見的話來說服自己，唯獨在意的東西還是揮之不去。

「你真的沒有聽彩華學姊提過任何關於國中時的事情呢。」

志乃原感覺話中帶刺地這麼說。想也知道這是在針對誰。

我就連那傢伙曾參加過籃球社這件事，都沒有聽她本人說過了。我是在許久之前就覺得她有事情瞞著我。而彩華也知道我有察覺到這一點。

之前我曾說過：「直到彩華想說之前都不會過問。」這確實是我的真心話。然而——

「不過……也是呢。彩華學姊應該是不會主動說吧。」

不知道她這句話當中，隱含了什麼意思？

我眺望著在球場外頭休息的選手們，陷入這樣的思緒之中。

★第5話　不停歇的雨

一天到晚都是降雨預報。根據氣象局的說法，梅雨季還沒結束的樣子。

看了一整個星期的氣象預報之後，我放縱失落的情緒並倒向床。

被子隨著身體向下陷去。平常在這個瞬間，都會讓我覺得相當舒服，但在這個濕氣很重的家裡，只會讓我覺得悶熱而已。

我沉著一張臉起身之後，就看見窗簾的角落邊發出一閃一閃的亮光。

夜幕即將降臨，今天這一天就快要結束了。

這一星期以來，我跟彩華又斷了聯絡。

……這個說法或許不太對。ＬＩＮＥ的聊天視窗中，彼此還各留有一個貼圖。這是我們之間的對話告一段落的證據，在那之後沒再傳來任何聯絡，一點也不奇怪。

但我心中還是難以抹去莫名湧上的不安。為了掩蓋這種難以平靜的心境，我還在家打掃了一番，心情卻依然鬱悶。

起因很明顯是那天突然遇見明美。

反正我是跟現在的彩華這麼要好，那她的過去就跟我無關。就算我是這麼想的，明美跟志乃原還是一點一點地向我揭露過去。與我自已的意志相反，拼圖一塊塊地拼湊了起來。

既然如此，我還比較想聽她親口告訴我。

然而正當我產生這個想法時，就跟彩華斷了聯絡。

「那傢伙到底是在幹嘛啊？」

並不是對誰說出口的這句話，就這麼消失在這個家中。

這時，窗簾的角落邊再次出現一閃一閃的亮光。

我想著會不會是有車子停在這附近並定睛一看，好像也不是有人打著方向燈。那麼一明一滅地反覆閃爍的亮光是——

「糟糕！」

我趕緊掀起窗簾，顯示出來電畫面的手機就被放在窗台邊。大概是我剛才打掃家裡時，隨手放著就忘記了。

「喂？」

『啊，喂？』

電話另一頭傳來的是禮奈的聲音。

「怎麼了嗎？真難得妳會打電話給我。」

有段時期我們確實很頻繁地以電話聯絡，但實際上這是她自從今年冬天第二次打來。對於平常只要待在自己家裡，要說個話都覺得很痛苦的我來說，會講電話的對象真的沒幾個人。有時甚至還會一整天下來，只跟禮奈一個人說上話。

我們通常都是在閒聊，幾乎沒講過什麼有建設性的話題。

但對我來說，那樣才好。我不禁沉浸在覺得那樣就好的過去之中。

『你有接我電話，真是開心。』

「當然會接啊。手機都響了。」

『呵呵，也是呢。』

禮奈感覺像是懷著某種感慨地這麼回答之後，便向我問道：

『你沒接到那月的電話嗎？』

「咦？」

我暫時將手機從耳邊拿開，並設定成擴音。

接著點出通知欄一看，上頭確實記錄著「未接來電：那月」。

「啊～她有打來耶。我沒接到。」

『你剛才在做什麼？』

「打掃家裡。」

我單手拿著手機，將放在地板上的吸塵器收回櫥櫃裡，這才拿起丟在床上的抱枕。將抱枕放到地板上並坐下之後，身體微微地陷進去一些。

『發生什麼事了嗎？』

「不，沒有啊。」

『是喔，我只是覺得你難得會打掃家裡。看來悠太也變了呢。』

……這麼說來，在跟她交往的時候，我幾乎不太自己打掃家裡。

禮奈知道當我偶爾主動打掃的時候，就代表想整理一下腦中的思緒。即使如此，還是儘量避免由我提起彩華的話題比較好吧。

當我在腦海中摸索著有沒有什麼無關緊要的話題可以講的時候，剛好想到了一件事。

「對了，今年夏天我們同好會要去海邊玩。禮奈，妳也要來嗎？」

『咦，我也可以參加嗎？』

「可以啊，何況大家好像也都會找自己的朋友來。如果那月也能一起參加，應該可以玩得很開心吧。」

上星期禮奈在體育館傾訴了自己內心感到寂寞的一面。

那天晚上，我就開始思考能替她做點什麼，好緩和一下這樣的心境。若是參加同好會所舉辦的活動，應該可以加深跟許多人之間的情誼吧。

只要增加與人交際的機會，說不定禮奈也就不會再去想這種消極的事情了。雖然這是我摸索出來無關緊要的話題，但也確實是我的真心話。

在隔了一小段空檔之後，禮奈用開朗的語氣回答：

『嗯，我想去。去年去海邊玩的時候也很開心嘛。』

「去年啊，的確很開心。」

那時候我們還在交往。

我們兩人第一次去旅行的地點是日本海的海邊，外宿兩晚回到家之後，發現背後的皮都捲起來了，讓我印象很深刻。

「今年大概會去九州或沖繩。應該滿多人參加，妳不介意的話，我就去說一聲。」

『沒問題！好開心喔，謝謝你約我去。』

她的語氣確實帶著雀躍之情，這讓我內心鬆了一口氣。

約她前往那種有男有女的地方，多少讓我覺得有些內疚。既然是集訓，我也有人際關係要兼顧，恐怕很難時時刻刻都跟她一起行動。

即使如此，最近禮奈看起來也跟志乃原聊開了，只要再約那月一起參加，我想應該就比較容易擴展跟其他人之間的互動。

我知道禮奈的個性比較文靜，但她也不是沒什麼朋友。

「我等一下回電給那月時，也會順便約她參加。真不知道她打給我有什麼事。」

當我脫口說出這樣的自言自語，禮奈就陷入了比剛才還要久的一段沉默之中。我才覺得奇怪，正想再說一次的時候，就察覺到禮奈開口了。

『應該是要跟你說彩華的事。』

「彩華？為什麼？」

為什麼那月要打電話跟我說彩華的事啊？

而且禮奈又為什麼會知道？

我不確定禮奈有沒有察覺我這句反問當中包含的兩種意義，不過她以「前陣子啊」起頭，並侃侃道來。

『我跟彩華見過面了。之前應該也有跟你說過她向我道歉的事情吧。』

「嗯，我有聽妳說過。」

我本來想跟她一起去的，所以聽見這件事的時候也嚇了一跳。但與此同時，也覺得確實很像彩華會做的事。

『在那之後，彩華有沒有哪裡不太對勁？』

聽禮奈這麼問，我也開始思考。

仔細想想，確實有很多時候——彩華感覺不太對勁。那種感覺很難用言語形容，但就只有「跟平常不太一樣」這點讓我印象深刻。

想必不只是從高中跟她相處至今的我而已，就連同一個同好會的那月也這麼想。

課堂上的那件事，跟彩華與禮奈見面的時期不一樣。這兩者相較之下，就我現在的感覺來說，她比較像是因為明美的關係才會表現出那樣緊繃的氛圍。

然而，也有可能在那之前就這樣了。

回頭想想，我有段時間差不多一星期都沒見到彩華。因為沒有見面，我也不知道她跟平常相比有沒有哪裡不太對勁，然而一整個星期沒見面，或許也能說是一個不對勁的事實。而這也確實跟她與禮奈碰面的時期一致。

「或許是有點奇怪。」

沒有提及詳情，我這麼回答。

結果禮奈淺淺嘆了一口氣。

『這樣啊。會不會是我害的呢？』

「……妳跟彩華說了什麼嗎？」

猶豫到最後，我還是盡可能用平穩的語氣這麼問。既然原因出在我身上，無論禮奈說了什麼，我都沒資格責怪她。

我只是想正確掌握實際上所發生的事情。

『的確是說了什麼，她也對我說了一些話。』

出乎意料的回答讓我不禁動搖，但禮奈用沉著的語氣繼續說了下去。

『但我們沒有吵架喔。道別的時候，我跟彩華都是面帶笑容。』

「是、是喔。」

這讓我比剛才更放心了許多。對我來說，彩華跟禮奈都是親近的人。但我撕破嘴也不敢說希望她們兩個可以好好相處。

她們如果在沒有我的地方相遇的話，說不定就會成為朋友了，但因為那件事情而讓兩人之間產生了一道隔閡也是事實。即使如此，我真的還是不希望她們兩個吵起來，所以很感激禮奈這麼說。

『聽那月說，彩華最近好像很常沒去學校上課。同好會更是在沒有任何聯絡的狀況下，好幾個星期都沒去了。』

「真的假的？」

『我才不會騙你呢。』

「也……也是。抱歉。」

一邊道歉，我還是覺得難以置信。

彩華雖然也會嘴上說說「好想蹺課喔」之類的，但我真的不記得除了感冒之外，她有哪次缺席。雖然我不知道她在同好會的狀況如何，不過從那月的反應看來，一直以來應該都跟上課一樣近乎全勤吧。

這明明是彩華努力營造出來的環境，卻沒有任何聯絡就沒去參加同好會，實在很不像是她會做的事。

雖說有好幾個星期沒有出席，但以同好會的活動日看來頂多五天左右。有人這麼多次沒去其實一點也不稀奇，但那月想必是因為沒去的人是彩華，才會擔心。

而且我自己最近也都聯絡不上她，這讓我心中捲起了一陣陰霾。

我想先打電話給她，聽聽她的聲音。

這麼想著，我開口喚了一聲「禮奈」。

『你要打電話給她嗎？』

「嗯，我打給她一下。掰掰——講完之後，我會再打電話給妳。」

聽我這麼說，禮奈發出「咦？」的驚呼。

『你還會打電話給我嗎？』

「對啊。我都還沒聽妳說起打電話來的目的是什麼。應該有事要找我吧？」

我一問完，禮奈在短暫的沉默之後否定了。

『不。令人高興的是，已經沒事了。』

「咦，真的嗎？」

『真的。但你如果會再打來，我會很開心呢。在去打工之前，我剛好沒事做。』

我正想問她現在在做什麼樣的打工，卻在脫口前閉上了嘴。

這件事之後再聊也沒差吧。

我補上一句「謝啦」，就結束與禮奈的通話。畫面上接著顯示出聊天視窗，禮奈的頭像也映入眼簾。

那張照片沒有拍到她的臉，只是從旁拍了她的上半身。右手戴著的手鍊，從兩年前到現在都沒有變。

那是我們一起選的，點綴了翡翠綠裝飾品的成對手鍊。一款戴在禮奈的手腕上。另一款就收在我房間的抽屜裡。

我久違地從櫃子裡拿出來一看，只見它散發著從未改變的光輝。

◇◆

「所以你因為打電話都聯絡不上，就直接跑來我家了？」

彩華一臉傻眼的樣子，稍微打開玄關門，並朝我這邊看過來。

那扇門比我家的還更厚重，外頭還掛著北歐風格的牌子，看起來就很時髦。

「呃，嗯……沒錯。」

我總覺得坐立難安，不禁向後退了一步。

相隔一段時間打了兩次電話她都沒有接，我便下定決心跑來拜訪彩華家。

按了兩三次門鈴之後，她總算有所回應，接著便打開玄關門。

彩華只穿著一件小背心再套上連帽外套，很明顯就是一身家居服。跟她對上眼的瞬間我差點就要忍不住大喊出聲，但彩華只是輕笑著說：「你這是什麼女孩子一樣的反應啊。」

但不知道是不是改變了主意，她現在把連帽外套的拉鍊拉到脖子的地方，降低了一點給我帶來的刺激。

「不過……你既然都來了，要進來嗎？」

彩華敞開大門，這麼邀請我。

「不用，在這邊就好了。我只是想來看看妳而已。」

「是喔。所以說，你有什麼事？真的只是想來看看我而已嗎？」

彩華微微歪過頭。這動作看起來就跟平常的她一樣。

但如果一切都一如往常，她沒道理一直都不去學校上課。說她是為了不讓我察覺才做出這樣的舉動，我覺得可能性還比較高。

彩華不知道是想到了什麼，只見她對著答不上來的我勾起嘴角。

「看到我漂亮的臉你滿足了嗎？」

「滿足了。我聽說妳一直沒有去上課，還擔心妳會不會很憔悴就是了。」

我這麼說著，就將掛在手上的一袋塑膠袋遞給彩華。裡面有些機能飲料跟果凍等等，滿滿是病人會覺得開心的東西。

「謝謝。這樣啊，你是擔心我喔？」

「當然擔心啊。妳最近為什麼一直沒去啊？」

看彩華若無其事地一直說下去的樣子，我覺得有點煩躁。

怎麼可能不擔心。就跟彩華很關心我一樣，我也總是關注著彩華。

明是如此，她為什麼認為我都不會擔心啊？

我也不知道自己為什麼會因為這點小事就感到煩躁。

——大概是心生動搖吧。

正因為開始產生了自覺才不想否定，然而又沒找到能徹底否定的證據，因此焦躁不已。

彩華聽我這麼問便陷入短暫的沉默之後，接著才開口說：

「你之前也很常沒去學校吧。那是一樣的啊。」

「單純蹺課的意思嗎？少騙人了，妳怎麼會——」

「是真的啊。」

她明確的語氣讓我不禁閉上嘴。

「你應該也很明白我不是大家所想的那種好人吧。」

「這兩件事有什麼關係啊？」

在我面前的彩華，並不像周遭的人所想得那麼敦厚，也不是成天開朗地笑著的性格。

若要說這樣是不是就能直接斷言不算個好人，答案應該是不行，但我覺得那至少跟這件事沒有關係。

彩華大概是看穿我這樣的想法，她搖了搖頭。

「我沒有你想得那麼完美。」

「我不是那麼想——」

「不是嗎？」

我有辦法斷言自己不這麼想嗎？當然，就有缺點這點來說，彩華絕非完美。這是相當自然的事情，只要是人類都有弱點。

差別只在於有沒有隱瞞好弱點，以及有沒有被別人發現。

完美與否這種事，就只有這樣的差別。

我知道彩華的缺點。她有點強勢，對有些人來說自我主張太強，或許也可以說是一種缺點吧。

但我反而覺得這些缺點是彩華的優點。

如此一來，彩華在我看來就是接近完美的存在。

彩華是針對我這番意識問的吧。

「怎麼說也不是完美的吧。但我可能也有想過，對我來說大概是完美的存在吧。」

「對吧……我總覺得以前的你一定不會這麼想。」

她所說的以前，到底是指什麼時候啊？是在念高中的時候嗎？還是指大一的時候？

「所以你才會因為我最近比較常蹺課就這麼擔心。但我本來就是這副德行，你不用替我擔心也沒關係。」

彩華聳了聳肩，就將玄關的大門完全敞開。

「你還是進來吧。看你一副沒有想要回去的樣子，繼續像這樣站在玄關講話，我都覺得累了。」

「唔……不，但這樣好嗎？」

「都說可以了。來吧。」

彩華揪住我的衣襟，硬是把我拉進屋內。

我順著她的力道向前傾，就這麼進到她的家中。

「又不是第一次來了。」

彩華留下這句話，也不等我把鞋子脫掉，就朝著客廳走去。

客廳的擺設做了一點改變。觀葉植物移去陽台，相對地，原本的地方擺了一座散發淡淡光輝的3D水晶擺飾。

由於上頭放了一個音樂盒，看來可能是只要播放曲子就會隨之發光。

我對於就連一個擺設都如此講究的居家裝潢感到欽羨不已，卻也覺得這對自己來說還是很久以後才能實現的事情而感到死心。

現在光是顧及衣物等穿戴在身上的東西就盡了全力。

而且彩華家的格局是一房一廳一廚。寬敞程度跟我家不一樣。

如果這樣的空間全都是自己的，那我也能明白這種就連在家裡也想好好講究的心情。

彩華在雙人沙發上坐下之後，抱起了放在旁邊的抱枕。

「不坐嗎？」

「不，我沒關係。」

雖然是雙人沙發，但總覺得只要坐下來就會觸碰到彼此的身體。我現在不想因為沒必要的事情而分心。

彩華聽我這麼回應，就伸手指向掉在地毯上的抱枕。

「那你坐在那邊吧。」

「謝謝。」

那是我之前來這個家的時候用過的抱枕。這應該比我自己的那個還要昂貴吧，外觀跟摸起來的觸感都不一樣。聞起來還很舒服，讓我的心稍微沉靜了下來。

「不可以聞喔。」

「我、我知道啦。」

我嘛嘴這麼說，彩華就輕聲笑了出來。

那是一如往常的表情。

「欸，我也有話要跟你說。」

一如往常的語氣，一如往常的開朗。即使是跟她認識這麼久的我，也不覺得有哪裡不對勁。

「喂，聽我說啊。」

「咦！」

突然被拉回了思緒，我忍不住驚呼一聲做出反應。

但彩華完全沒有放在心上似的，只是語氣平淡地開始說起來。

「樹從這個月開始加入了選美大賽的主辦單位，好像很缺人手的樣子。他跟我說希望你能去幫個忙——」

在我聽到選美大賽的瞬間，就不禁回想起跟禮奈之間的那件事。

但是，那跟這次一點關係也沒有。

儘管完全不知道選美大賽的主辦單位具體來說都怎麼辦活動，但我對此感到有點興趣。

「——不過我幫你拒絕了。」

所以，彩華這句發言讓我再次做出傻愣的反應。

「咦，為什麼？」

「哪有為什麼，總不能為了配合樹，就把你捲進來吧。他是有拜託我來問問你的意願，我就說你因為打工之類的原因，總之會很忙。」

這確實是在配合樹，但她似乎也完全沒有考慮到我會對這件事感興趣的可能性。

但本來上個月就在招募選美大賽的主辦工作人員了，因此直到這個時期還這麼閒，會被認為沒有興趣也是沒辦法的事。

當我開始考慮明年是不是要自願參加的時候，彩華繼續說道：

「所以要是樹跟你說起這件事，記得配合一下這個說法。他百分之百不是會因此責怪你的那種人，但說不定會講到這個話題。」

「喔……ＯＫ。那妳有受邀參加嗎？」

「我本來就打算參加。而且感覺也能累積各方面的經驗。」

「是……是喔。」

這時，我才開始感到不太對勁。

去年聖誕節的時候，她半強迫地讓我參加了聯誼。大一的時候也是，同樣的狀況發生過好幾次。

在「Green」舉辦迎新活動時，她也是很自然地來拜託我去幫個忙。

面對彩華的請託，儘管有時我會有點不甘願，但還是每次都答應了。這是因為我們之間有著一份堅定的信賴關係。

這說不定還是第一次在問過我的意見之前就擅自拒絕。換作平常，她都會先說上一句「姑且問你一下」，並來請我幫忙一些事情。

不過，唯獨這次可能是我多想了。畢竟聯誼跟迎新之類都是只限定一天的活動，跟選美大賽主辦這種定期都要強制安排的行程相比，是截然不同的東西。

所以，我決定試探她一下。

「欸，如果我說想參加呢？」

「咦？」

這樣就能釐清彩華真正的想法了。

……我不禁在內心自嘲地笑著自己到底在做什麼啊？

現在這麼試探的對象不是別人而是彩華，總讓我覺得做了無法挽回的事情。我所採取的行動，足以被視為是在質疑我們之間至今的信賴關係。

——算了，沒事。

就在我這麼說出口的前一刻，話被搶先了。

「有我一個人在就足以解決各種問題了，你不用參加也沒關係。」

湧至喉頭的話，變得像個鉛塊似的漸漸下沉。想好要說的替代話語實在太不爭氣，讓我的語氣因此顯得生硬。

「……不，先不管幫不幫得上忙之類的，單純是我也想參加——」

「不需要。」

彩華毫不遲疑地打斷了我的話。

如此一來就確定了。

換作平常根本不會放在心上的發言，放在至今的狀況來看，就會呈現出完全不一樣的結果。

……還沒關係。上星期的我是這麼想的。但到了現在，漸漸變成像是一種願望了。

我不得不承認我們之間的關係，已經變得如此不安定。

曾幾何時，我認為我們之間的關係相當穩固。跨越各式各樣的高牆，即使長大成人——即使出了社會，這段關係都還是會持續下去，也希望可以持續下去。

然而當我開始感受到一旦瓦解就再也無法回頭的虛幻感，便覺得越來越焦躁。

我們之間的關係有這麼脆弱嗎？

難道這不是一份特殊的情誼嗎？

總之，這是個尤其重要的瞬間。今天的行動，很有可能會左右我們的未來。

這種毫無根據的想法不斷在我腦海中盤旋。

「我不想給你添麻煩啊。」

「平常都是我在給妳添麻煩，拜託妳不要顧慮這點好嗎？難道我就這麼不可靠？」

我打從心底對於自己的發言感到厭惡。平常的確都是徹底仰賴彩華沒錯，但就算用這種方式詢問，想也知道她只能回答：「沒這回事。」

我下意識問出口的一句話，侷限了彩華的回答。

我一定是感到害怕吧。

彩華做事很可靠，所以不需要我。

但我做事很不可靠，所以需要彩華。

我很怕彩華親口道出這種一廂情願的狀態。要是聽她這麼說，我們一定無法恢復到至今的那種關係。

一旦用利弊去衡量人際關係，就很難再拿掉這個概念了。

「沒這回事啦。我也很仰賴你啊。」

撿回一條命的感覺，讓我鬆了一口氣。

說不定彩華內心其實也懷有同樣的焦躁感。抑或是完全不同的另一種焦躁感。

可能就是因為這樣，才會避著我……對，她避著我。覺得哪裡不太對勁的真相，想必就是這麼一回事。

我直覺認為除了直接問她之外，沒有其他可以確認的方法了。

「……彩華，妳是同好會副代表，還要打工，平常的生活應該很忙碌。要是再加上選美大賽的主辦工作，我覺得也太辛苦了吧。」

「怎麼，你又在擔心我了嗎？沒問題啦，這學期我少選了三四堂課，就算加入主辦單位也能從容應付得過來。」

「如果是這樣……那就好。」

她依然沒有任何破綻。就只有現在，讓我覺得那是一道阻礙。

對自己的能力有信心，然而也不會太過自大。她就是這樣做出一些成果的，因此沒有任何人能抓住彩華的把柄。

但我並不會因為跟能力這麼高的人在一起就感到自傲。只對於她從高中就對我毫無掩飾地展現出自己的一切，並願意一直當我的摯友感到幸福。

一直以來，光是這樣就夠了。

然而畢竟是第一次懷抱她避著我這樣的不安，讓我的思緒無法一如往常。

腦海中閃過那月過去的建議。

——不要以為每一個人都像小彩那樣完美。

這句話暗指了我跟彩華並非對等。即使那月沒有這層意思，也不禁會如此詮釋。

我應該早就拋開對等與否這種無聊的概念了，就只有現在卻一直放在心上。

「太好了。我還以為妳不需要我了。」

這句話之所以會不禁脫口而出，是因為在前所未有的焦急之反作用下，從安心的感覺中油然而生。

「……什麼意思。」

彩華的反應很冷淡。

在我內心某處應該期待她能做出「當然需要」的回答吧。

「不要說『需不需要』這種像是利弊關係的話啊。難道你不是因為覺得開心，才跟我當朋友的嗎？」

我無言以對。就在上一刻，我才想著不能用利弊去衡量而已。

但懷抱著微不足道自卑感的我，卻自己說出了這種話。

平常連那些無聊的廢話都會說個不停的嘴，不知為何現在一動也不動。

「難道你不是因為喜歡我這個朋友，才跟我在一起的嗎？」

「……是這樣沒錯。」

從她這番責備般的語調之中，可以察覺出剛才彩華的真意。

——我並不完美。

我本來以為彩華想表達的意思是不希望我因為一些瑣事而擔心，但本質想必並非如此。

我跟你一樣……或許她其實是想這麼說。

「對吧。那為什麼會講到需不需要的這種話啊？」

「呃……妳想嘛。喜歡的話就會需要，討厭就不需要了吧。所以我才會那樣說。我只是在想自己是不是被妳討厭了。」

為了圓場，我不禁撒了這樣的謊。

剛才說的「需要」這個詞，也確實含有這樣的涵義。

——我就只有這種時候腦筋動得特別快。

不知道彩華是接受了這個說法，還是即使不認為這是我的本意，但也說不出反駁，她在一陣短暫的沉默之後，只是低語了一聲「這樣啊」。

「如果是以這層意義來說，是需要沒錯。但無論如何，我都覺得想這個沒什麼意義。」

「抱歉。」

「不會啦，我才該道歉……看來我真的不夠從容。換作平常，我根本不會讓氣氛變成這樣。」

「怎樣的氣氛？」

「就是這種有點微妙的氣氛啊。與其要讓你顧慮我的想法——」

這時，彩華頓時語塞。我想說她會繼續說下去，便沉默地聽著。

「這麼說來，你是不是在那堂課之外的地方，跟明美說過話了？」

「咦，怎麼這麼問？」

聽她突然這樣問，我做出模稜兩可的回答之後，彩華不禁仰頭看向天花板。

「……這樣啊，你們說過話了是吧。」

大概是透過我這樣的回答得到確信，彩華再次陷入沉默。

這時窗外的天空傳來轟隆隆的聲響。我來這裡的時候還沒有要打雷的樣子，運氣真差。

彩華則是一副絲毫不在乎雷鳴的樣子。這麼說來她會怕的是人在室外時，遇上在極近距離打下的落雷吧。我回想起這個無聊的回憶。

……就是覺得無聊才好。我不禁覺得會因為那段無聊的回憶而感到幸福的時機，大概就是失去了這段日常之後吧。

我往後還想繼續跟彩華累積更多這種無聊的日常。

然而，彩華接下來說話的聲音，卻不像平時那樣。

「你應該很想問吧。像是跟明美之間的事情之類的。」

「呃，是啊。但我那個時候說的話，現在也沒有改變喔。」

「什麼話啊？」

我對著一臉狐疑的彩華揚起嘴角。

不知道為了掩飾自己內心焦躁的這副表情，看在彩華眼中會是什麼模樣？

「我會什麼都不問地默默等下去。」

彩華眨了眨長長的睫毛。

「……我總覺得那不是你自己說的話，而是我這麼拜託你的耶。」

「咦？是喔。」

聽她這麼講，好像還真的是彩華這麼拜託我的樣子。

不知為何，我在腦海裡自動轉換成帥氣的自己了。

「是啊。那個時候你是說『就算妳不想說也希望能告訴我』。」

「……我完全搞錯了嘛。」

太糗了，這樣說完全表現出我內心真正的想法。

——對了。我應該是打從高中就決定好在彩華面前要做真正的自己，要坦率以對才是。

「呵呵，你到底是怎樣啊。不要打亂我的情緒好嗎？」

彩華發出乾笑之後，便站起身來。

不知道是不是心理作用，我總覺得她的背影看起來比剛才還要嬌小。

正因為我們不會對彼此有所掩飾，才能建立起這樣良好的關係。

明明如此，現在的我卻老是在觀察彩華的臉色。這段關係想必正一點一點地在改變。

——而且是朝著過去的我們所害怕的方向。

「喏。」

彩華走回來之後，手上拿著一瓶紙盒裝的冰咖啡。

「我家沒有準備咖啡歐蕾，就用這個代替吧。」

「……謝啦。」

深褐色的液體注入透明的杯子裡，沒過多久就快裝滿了。

然而沒有要停止倒咖啡的趨勢，於是我有點大聲地說道：「ＳＴＯＰ！」

彩華的手因此抖了一下，並在滿出來的前一刻止住了動作。

「抱歉，我有點恍神。」

「我就知道。要是咖啡滿出來滴到地毯上感覺就滿不妙的，害我緊張了一下。」

「真的好險。不然你的錢包差點就要大失血了。」

「咦，這算是我的責任喔？那也太危險了吧？」

這張灰色地毯的質感跟觸感都很棒，價格想必很不得了。

如果要賠償這一筆，對我來說可是攸關生死的問題，不過彩華這麼說應該只是想緩和此時的氣氛吧。

彩華雖然說自己不夠從容，即使如此還是能顧及此時的氣氛，著實令人欽佩。

「——關於我國中時候的事啊。」

聽她的語氣比平常還更平淡，我沉默地點了點頭。

「我只能站在自己主觀的立場說明。」

正要朝著咖啡伸出的手，突然就停下了動作。

彩華國中時發生的事情，是要怎麼站在她自己主觀以外的立場說明啊？還是說，那是一件若以主觀立場說明，可能會招致誤會的事情？

「總之，我希望你先去問志乃原。並且在沒有透過有色眼鏡的情況下，先全盤了解一番。」

「等一下，我是想聽妳親口——」

「這對她並不公平。其實我本來也打算自己說出這一切……但現在的我，一定又會以自己為優先。」

在體育館那時，志乃原說過彩華「不會主動開口」。

我還以為如果是彩華，只要我問了她應該就會回答。也就是說，可以視作就這件事情來講，志乃原比彩華還更清楚來龍去脈吧。

我直接去問志乃原，或許是現在可以採取的最佳手段。

然而，我也有個搞不懂的地方。

從他人口中問出彩華的過去，究竟能得到什麼？正因為是彩華親口說的話，我才能從中得出真義。

畢竟都已經得出無論過去發生任何事情，都跟我們之間沒有關係這樣的結論了。

在這狀況下就算問出她的過去，是不是只會讓她感到煎熬而已？

我確實是想知道她的過去，但那不過是出自求知欲，想一探形成現在的彩華的根基罷了。因為這樣的理由就利用他人挖掘過去，豈不是跟部分卑劣的媒體差不了多少。

順著自己低俗的欲求就毫不客氣地踏入彩華隱瞞至今的過去，這麼做一定是錯的。

「如果不是彩華親口所說，我就不去追問這件事了。」

這樣的決心或許沒什麼意義，但我總覺得如果不這麼做，與彩華之間的日常就沒辦法持續下去。

我並非不惜背負這樣的風險，都想了解這件事情。

然而彩華所想的似乎跟我完全不一樣。

「我也會說喔。但你必須先聽聽志乃原的說法才行。只是這樣而已。」

從那凜然的語氣就能聽出彩華有多麼堅決。

與其說是因為我提起的關係，現在的彩華更像是要去做一件自己決定好的事情，就像一如往常的她。

無關我有沒有追問，彩華自己也決定好總有一天會對我說。

「彩華，妳想說嗎？」

「什麼嘛。是你問我的吧？」

「是沒錯啦，但現在的優先順序比較高。妳也有說過『現在』比較重要吧。」

如果現在這樣的關係會因為彩華說完而崩壞，那就本末倒置了。當然，我從今以後也會一直跟彩華在一起。

這樣的心意沒有改變，但我們之間的關係如果是維持在一個絕妙的平衡上，難保會因為聽了彩華的過去而崩壞。

但是，彩華淺淺笑了。

當我看到的瞬間，就知道這是彩華由衷流露的神情。彩華的臉上就是如此充斥著慈愛。

「——我有說過喔。我之所以會說，是為了讓那重要的『現在』能夠持續下去。」

接著，彩華的表情看起來又蒙上了一層陰影。

她不斷改變的表情，讓我想通了一點。彩華今天一定是為了避免讓我覺得不太對勁，才會一直做出一些表情。

我之所以沒有發現，是因為她在模仿應該存在於我記憶之中的自己的表情。

而失去從容，不再做出表情，是因為她想告訴我毫不掩飾的真心話。

「就算我現在不說，你一定也會加諸上各種理由，用跟至今不變的態度與我相處。但是，我已經受不了了。」

彩華應該是感到害怕吧。

對於我在遇到明美之後，就確信彩華過去一定發生過一些事情的想法。

以前還只是停留在有察覺的階段而已。

但既然有所確信了，就很難再延續至今這樣的關係。就算硬是想把這段記憶拋諸遠方，屆時流逝的時間一定會變成虛假。

為了讓那化為真實，彩華已經決定向前邁進。

「我也想向前邁進，並和你重新開始。我們重新開始之後，『一定』可以看見更美好的景色才是。」

重新開始。她說出這個詞，讓我得到發問的機會。

「妳之前跟禮奈見面了對吧。」

彩華先是輕輕抖了一下身體，才緩緩點了點頭。

「嗯……某方面來說，我有因為那樣而感到一點挫折。」

抱緊了抱枕，彩華繼續說了下去。

「禮奈是個很好的人呢。讓我回想起一年前的這個時候，你感覺很幸福的樣子。」

說到一年前，大概是我們交往過了半年的時候。

盡情享受著情侶間相處時間的那段日子，對於當時的我來說，是人生的最高峰。

「抱歉，我妨礙到你們了。」

她這麼悄聲說出口的道歉，讓我不禁緊咬嘴唇。

都是因為自己，害得重視的人背負了無謂的重責。

「妳在說什麼啊，別這樣。那是因為我太蠢了。在同好會吵起來的時候，我也都完全依賴彩華的幫助。我總是仰賴妳——」

「仰賴我，讓你後悔了嗎？」

彩華的語氣聽起來似乎有點陰鬱。

這讓我對於害她用這樣的語氣脫口而出的自己，湧上了一股難以言喻的憤慨。

「對於仰賴妳這件事情本身，我並不會感到後悔。我只是對於這麼沒用的自己感到難堪。」

「……我就知道你會這樣講。」

彩華抱膝坐著，臉頰也靠上了膝蓋。

「……就像我剛才跟你說的，我真的不是大家所想得那麼完美。若要再補充一點，我這個人也沒有你所想得那麼好。」

「那是指國中時期的事嗎？」

「大概吧。不，說不定現在也是。」

「……不是說要拋開有色眼鏡嗎？」

短暫的沉默之後，彩華悲切地笑了。

「是啊。我大概是按捺不住了吧。」

向他人訴說自己的過去。

彩華想必也是迷惘到最後，才做出這個結論。既然如此，我就尊重彩華的選擇吧。

我相信，這就是我這個彩華的摯友可以做的最佳選擇。

「剛才雖然說是為了讓現在延續下去，但其實還有另一個理由。」

「什麼理由？」

「我還不能說……雷聲停下來了呢。」

雖然我想追問下去，但還是收手了。就算現在沒有問，總有一天也會知道吧。

「妳一點也不會覺得害怕就是了。」

我做出這樣穩妥的回答之後，彩華平靜地開口：

「現在這樣比較可怕嘛。」

即使雷聲停了，這次換窗戶開始喀咚喀咚地晃動起來。不，說不定窗戶其實一直晃個不停。

我全神貫注在與彩華的對話上，甚至連這點都搞不清楚了。

「……那我走了。」

「嗯。把咖啡喝一喝吧。」

聽她這麼說，我便伸手拿起杯子。

然而與平時相比，我感受不到流入喉嚨的咖啡香氣。

第6話　等價交換

「我才不要。」
「嗯？妳再說一次。」
還以為是自己聽錯了，我不禁反問。
「所以說！我才！不要！」
直到剛才還帶著和煦笑容的志乃原，環抱起雙手便撇頭轉向另一邊。
跟她說了假的「start」活動時間，並在無人的體育館前會合的時候，學妹也是一副心情很好的樣子。不但說著：「學長也總算為了跟我見面而用謊話當藉口了呢！」情緒還比平常更加亢奮。然而當我一提起國中時期的事情，態度立刻轉變成這樣。
「拜託啦，我想知道妳跟彩華之間發生過什麼事。」
「為什麼要問我啊，你去問彩華學姊不就得了。雖然我不覺得她會講就是了！」
「不，那傢伙會跟我說。但在那之前，我想先聽聽看妳的說法。因為我也覺得這樣比較公平。」

「公平？」

志乃原皺起眉間，並歪過了頭。

「如此一來無論我說了什麼，之後彩華學姊都能順著自己的意思去修正啊。這樣哪裡公平了？」

「她不是那種人。」

儘管我自己也覺得就算這樣跟志乃原說，她也不會認同，卻還是不禁脫口而出。

「在學長面前或許是這樣沒錯。」

志乃原淺淺嘆了一口氣。

綁成公主頭的髮型比平常更是襯托出她姣好的容貌，然而緊繃的氛圍卻讓昂揚的心情化為烏有。

「我所知道的彩華學姊，也不是這種人。」

「既然如此——」

「但我並不了解彩華學姊。只是知道學長應該不曉得的一面而已。」

當我想回話的時候，志乃原突然就朝我逼近，喊著：「學長！」並繼續說了下去。

「我跟學長不一樣，並不是濫好人。」

「會來我家做飯給我吃之類的，還不是濫好人嗎？」

志乃原似乎事先就準備好對於這個反問的回答了。

「那是因為我能得到回饋。就是可以跟學長在一起的回饋！」

「哇～」

「你那是什麼反應啊！」

我朝著生氣的志乃原瞥了一眼，並傷腦筋地垂下頭去。

照這樣子看來，應該很難從志乃原口中問出原委了。即使如此，我要是就此去見彩華，也只會踐踏她的決心而已。

我也能明白志乃原會對於「可以事後修正」抱持懸念的心情，但如果想控制風向，彩華只要自己隨意對我說明就好了。

有鑑於彩華的器量，不過是想要攏絡我一個人，根本不算什麼難事。光是她沒有這麼做，反而冒著風險堅持要我經由跟她關係絕非和睦的志乃原了解時，在我心中就是百分之百相信彩華了。

然而透過之前發生過的各種事情，就能輕易想像即使我相信彩華，對志乃原來說也起不了任何加分作用。

所以，我能採取的選擇很有限。

但正當我要開始思索有哪些選項時，馬上就放棄了。

不需要那種迂迴的想法。

我也向志乃原傾訴率直的想法好了。

與其去粉飾想說的話，或是察言觀色——

儘管我們相處的時間也只有半年左右，關係深刻的程度絕非一般。考慮到跟志乃原這樣的關係，直接說出自己的想法，或許比較能讓事情往好的方向發展。

「欸，真由。」

「呃……是。怎麼了？」

抬起頭望向我的志乃原，神色看起來有點緊張。

「我會問妳關於彩華的事情，當然是因為我想了解那傢伙。」

「我知道。」

「同樣地，我也想了解真由。」

志乃原不禁緊閉雙唇。

我不確定她是怎麼看待我的心意，不過接下來聽見的聲音，比方才還柔和了許多。

「學長，我對你來說很重要吧？」

「當然重要啊。」

我有點驚訝於立刻做出回答的自己。

唯獨現在這個瞬間，腦海中完全沒有浮現我想請她告訴我那些事的目的，只是不禁就脫口而出。

這並非我刻意做出的回答，而是下意識說出來的話。

不同於內心所想，要說出口應該會讓我覺得很害臊。即使如此，我還是能下意識地傳達出率直的心境，說不定是受到下定決心認為「想說的話就要好好說出口」的禮奈影響。

或者單純只是我對志乃原懷抱的情感，在不知不覺間漸漸高漲了。

但無論如何，我似乎都無法完全掌握自己心境上的變化。

「也就是很重視我的意思吧？」

「對啊。這兩個是一樣的意思吧。」

「也是呢。那你知道我不想說的理由嗎？」

面對志乃原的問題，我伸手抵上下巴。

不想說的理由。

因為對志乃原沒有好處。不，想必不僅如此。

如果只是沒有好處，那志乃原會告訴我所有事情。我敢說我們之間就是形成了這樣的關係。

既然如此，對她有壞處這個理由就比較合理了。

我記得之前練習的時候，志乃原這麼說過。

——明美學姊很可怕。這很明顯不是某種比喻，而是志乃原的真心話。

「因為妳不願回想起來嗎？」

志乃原在隔了幾秒之後，點了點頭。

「算得上是一點心理陰影了呢。」

那時志乃原看著明美的表情，可以瞥見帶著懼怕的神色。

志乃原的心理陰影一定跟明美有著密切的關係。

「我一點也不想面對。所以就連社團活動也逃離了。」

因為不想面對，所以逃離了。

硬是要她說出這種記憶，說不定會給志乃原造成二次傷害。

我想問出過去的這個行徑，肯定等同於撕下她的瘡疤。

——即使是彩華的請託，我看還是不要再拜託她說比較好。

當我開始產生這樣的想法時，志乃原嫣然一笑。

「要是我全部說出來了，學長願意跟我一起對抗那個心理陰影嗎？」

「咦？」

「如果有學長跟我一起對抗，我就會想再次好好面對。」

志乃原平靜地這麼說完，便仰望天空。

現在雨勢暫時停下來了。

然而讓今天下雨下到現在的那片烏雲，依然掛在高空沒有散去。

「更何況如果是跟學長一起，我應該也能鼓起勇氣。」

「……妳如果要仰賴我，就算什麼都不講，我也會成為妳的助力。所以妳並不用提出什麼條件也沒關係。無論要說還是不說，都只要順從妳自己的心情就好。」

聽我這麼講，志乃原便搖了搖頭。

「……我覺得等價交換比較好。這樣比較不會覺得內疚。」

「內疚？」

我實在不知道事到如今還有什麼好內疚。

跟志乃原之間的關係，在我內心已經發展成無法失去的存在了。只要不是我一廂情願，志乃原應該也是有相同的感受。

既然雙方都是同樣的想法，我就覺得沒什麼好感到內疚。

「我跟學長之間，現在是一般學長跟學妹的關係吧。只要還維持著這樣的關係，我也想給學長一些回饋。」

她說的「一般」，是不是可以解釋成「並非情侶」呢？

志乃原會像這樣拉出一條界線，總讓我覺得有些意外。

但她說話的聲色明亮，所以應該不是在勉強自己這麼說。

「我有時候會一大早就突擊你家，或是在你回家前就擅自進到家裡。那些也都是作為照料學長的等價交換。就是因為有在幫你做家事，我才能毫無忌憚地給學長添麻煩。」

一口氣說完的志乃原，將額頭抵上我的胸膛。

輕輕碰上的那個地方帶著一點熱意。

「所以，這次也請讓我等價交換吧。我會全部說出來。學長就給我勇氣吧。」

……如果這麼做可以在志乃原的心中取得平衡，答應她才是最好的吧。

我說著「好」答應了下來之後，再次開口：

「但具體來說，我要做什麼才好？」

「……偶爾摸摸我的頭就可以了。」

「這樣就好了嗎？」

「我、我覺得這難度還滿高的耶……？」

對象要不是志乃原，難度確實很高。但這跟偶爾會出現的那些刺激的事情相比，應該是好應對多了。

我喘了口氣，並垂下視線。

志乃原的頭頂剛好就在我下巴的下方。

我們的身高還真有好一段差距。

內心出現了這樣不正經的感想，我為了掩飾這樣的思考而輕咳兩聲。

像這樣跟志乃原的身體緊緊貼著的次數，單手都數得出來。然而光是有過幾次貼得這麼近的機會，我就覺得這跟志乃原所說「一般學長學妹」的關係產生了偏離。

當她如此定義我們之間的關係時，我並沒有刻意否定，這是因為我知道志乃原心中的界線，並不同於一般大眾。

而且，我的想法一定也跟一般大眾有所偏差。

我究竟是從什麼時候開始跟一般人出現差異的呢？至少到念高中的時候，應該還是一樣的吧。

當我一邊想著這些事情，並稍微摸了摸志乃原的頭之後，她用悶悶的語氣緩緩道來：

「從前從前……」

「在講桃太郎喔。」

「這是志乃原真由的故事。」

「是是是。」

我們此時也是一如往常地說著這種話。

我能誠摯地聽志乃原所說的過去。在她說完之後，這樣的一如往常也能持續下去。
現在我能做到的，總之就只有這兩件事。
吹進體育館入口的風，感覺比平常還要溫熱。
看見在低空飛行的燕子，讓我產生了雨勢將至的預感。

第7話　往事～真由side～

彩華學姊曾是我的憧憬。

那是當我國中加入籃球社的時期。

我隸屬的籃球社，約有五十名社員。女子籃球社是校內社員人數最多的社團，在這一帶我們也是強校。

儘管沒有出場過全國大賽，但在縣大賽中總是名列前茅。

那時表現得相當活躍的，就是美濃彩華學姊。

彩華學姊二年級的時候，是唯一一個跟國三生一起被選為先發球員的人。

頂多只能在區域大賽得到優勝的籃球社，之所以可以在縣大賽中時常名列前茅，肯定是多虧了彩華學姊的力量。

對於同為國中生的我來說，彩華學姊的存在帶給我很大的衝擊。

但令我憧憬的不只是籃球的技巧而已。

我憧憬的是她那不被他人的意見左右、有著堅定意志的強悍。

那時的我，強烈地希望自己也能成為像彩華學姊那樣的人。

◇◆

「彩華學姊，妳不喜歡聊戀愛話題對吧。」

練習的休息時間，在體育館的舞台下方，我對彩華學姊這麼說。

至今聽過好幾次她被別人告白之類的話題，我卻不曾看到彩華學姊因為這個話題而跟人聊得很起勁的樣子。

聽我這麼說，彩華學姊微微歪過了頭。

「也不是不喜歡喔。只是沒什麼興趣而已。」

「彩華學姊就是這樣的個性呢。」

這讓我覺得很開心，不禁笑了起來。

就連我這份從來沒有戀愛經驗的自卑感，在跟彩華學姊講話的時候，也都覺得獲得了肯定。

即使是少數派的道路，只要有彩華學姊走在前方，我就會感到很放心。

「志乃原同學，妳對於戀愛好像比較消極耶。」

「嗯。我會覺得好像是在浪費時間。」

「這樣想也對呢。我現在也想專注在社團活動上。」

「對吧！」

我最近開始覺得是自己的想法有些偏頗。

但周遭幾乎沒有從未談過戀愛的人，對於這件事的焦躁感更加速了我虛張聲勢的狀況。

可是彩華學姊總是會接納這樣的我。

我非常喜歡跟彩華學姊聊天的時間。

然而每次都沒能聊上很久。因為才講上幾分鐘，就會有人來找彩華學姊搭話。

「欸，彩華，這練習強度也太痛苦了吧～？」

這麼說著就躺上舞台的人，是明美學姊。

她的髮色很亮，我常看到她被顧問老師警告。然而頑強地絕不服從老師警告的個性，可說是比男生還強悍。

即使如此，由於她的容貌端麗，這樣的個性反而讓她更受男生歡迎。

現在的籃球社是彩華學姊擔任隊長，明美學姊則是副隊長。

實質上就是這兩個人在領導整個籃球社。

——但我不太喜歡明美學姊。

她身邊好像總是會有戀人，只要交到男朋友就會跟周遭的人大肆宣揚。

雖然我覺得既然這麼快就分手，不就是在浪費時間跟力氣嗎？但再怎麼樣都不可能對學姊說出這種話。

要是對明美學姊說了這種話，我也不知道會變怎麼樣。

我也算是有很多同年級的朋友，但在明美學姊面前就會不禁退縮。

從她被老師警告時的應對看來，很容易就能推敲出她的自尊心很高，對低年級生來說，會覺得她很難親近。

當這樣的明美學姊做出累翻的動作時，彩華學姊輕聲笑了笑。

「以三年級的明美來說這樣剛好。而且接下來就是最後一次大賽了，這次絕對要在縣大賽奪下優勝喔。晉級全國大賽一直都是我們的目標嘛。」

「真是的～妳老是在講這件事。雖然彩華就是這樣啦……欸，我們來賭一場單挑嘛。贏的人就能減輕練習量！」

「下次再說吧，副隊長。」

「唉～真的假的。」

明美學姊露出苦笑，並刻意地嘆了一口氣。

放眼現在的籃球社，就只有彩華學姊可以跟明美學姊平等地對話。

除了彩華學姊，就算是同年的人也不能對明美學姊說什麼。就連面對彩華學姊的指摘她都會避開了，我認為其他人不可能說得動她。

這個籃球社主張實力主義。籃球的實力等同於發言的力道。在社團內最厲害的是彩華學姊，其次則是明美學姊，而且這兩個人就算跟其他先發選手相比，實力也是格外突出。

但大家之所以很難糾正明美學姊的做法，我覺得還有其他原因。

——因為大家都會怕明美學姊。

明美學姊在校內也是身處特別引人注目的小團體中，交友圈很廣。

既然明美學姊在一般校園生活中感覺很有聲量，要是被她討厭了，恐怕自己的立場也會跟著變得很危險。

周遭的人這樣懼怕的心情，反而增強了明美學姊說話的分量，讓她真的昇華成令人害怕的存在。

「志乃原～妳在跟彩華聊什麼？」

明美學姊突然朝我看了過來。

我下意識挺直背脊，並擠出笑容。

「呃，那個——」

我說不出真心話。

要是聽見像我這樣反對戀愛般的意見，過著完全相反的生活的明美學姊，想必會覺得不高興吧。

我就很常看到她建議彩華學姊去交個男朋友。

「哎呀，是不能跟我說的事嗎？」

明美學姊笑著這麼問。

我不禁僵住身體。明美學姊的眼底並沒有笑意。

「就是……聊了一點戀愛話題。」

「咦，跟彩華嗎？好難得！」

明美學姊猛地撐起上半身，立刻就接連拋出問題。

「有喜歡的人之類的？還是被人告白了？」

當我感到不知所措的時候，彩華學姊先替我回答了：

「只是閒聊一下而已，我才沒有那種話題。不好意思喔。」

「什麼嘛～真無聊。」

看著明美學姊的反應，彩華學姊嘆了一口氣。

「有話題的應該是明美吧？妳之前說感覺快跟男朋友分手的那件事，後來怎麼樣了？」

我不禁往後退去。

就算聽見明美學姊的敏感話題，我也不會有任何共鳴。

但要是待在這個地方，她肯定會把話題拋給我。

所以我才想趕緊離開，不過好像晚了一步。

明美學姊朝我看了過來，並對我說：

「志乃原，妳也陪我商量一下嘛。我感覺好像快跟現在的男朋友分手了。但他是我歷任以來最喜歡的，無論如何我都不想放手……妳覺得我該怎麼做才好啊？」

「呃，該怎麼做……是嗎……」

這種事情，沒有談過戀愛的我怎麼可能知道。

當我對彩華學姊投以求救的視線，她也只是聳了聳肩說著：「這件事我聽到耳朵都要長繭了。」

不過，如果是她這麼常提起的話題，我也覺得比較輕鬆。

若這是明美學姊第一次找人商量的戀愛話題，那責任也太重大了。但既然是頻繁拿出來討論的事情，我或許也只要做些回答就好了。

幸好同學也會來找我商量戀愛話題，我大概知道要怎麼回答。

……只要跟平常一樣俯瞰整個狀況，並將內心所想的說出口就好。

現在面對的是明美學姊，因此減少一些負面的發言並補上讚美，應該就是安全牌吧。

我下定決心之後，吸了一口氣。

「明美學姊這麼漂亮，說真的，我完全無法理解妳男朋友怎麼會這麼想。」

明美學姊的嘴角滿足地勾起了笑。

看她這樣的反應我鬆了一口氣，並繼續說下去。

「但他說不定是自覺不如明美學姊。如果明美學姊多為他做點事情，說不定就會順利發展下去了。」

……這樣講應該不會惹到她，也多少有吹捧到了。

平常我是不會顧慮這麼多。

但既然到了這個地步，我多少也有點不懷好意地想著，如果能以這個話題為契機，讓她對自己有好感就好了。

明美學姊做出像是在反思我這番話的動作之後，點頭點了兩三次。

「哦……搞不好真的是這樣耶。我都不會有這樣的想法。看來以後找志乃原商量，也不錯呢——」

我不禁繃緊身子。

說真的，她要是拋來更深入的問題，我完全不覺得可以想到什麼好的回答。

這時，彩華學姊介入了我們的話題。

「明美怎麼可能會有這樣的想法啊。」

「等等，妳這是什麼意思！」

「字面上的意思啊。好了，繼續練習吧。」

彩華學姊轉了轉肩膀，球鞋也摩擦著地板。

這樣的聲音，似乎也讓明美學姊的注意力傾注在社團活動上了。

……如果彩華學姊沒有出言相助，還真不知道會變成怎樣。

她是不是會變成定期來找我商量戀愛話題啊？光是想像而已，背脊就不禁抖了一下。

面對明美學姊，要是做了錯誤的回答，一定會發生令人討厭的事。我可不想因為社團而背負這樣的風險。

站在客觀的角度看來，我自認算是受人歡迎的類型。

但跟彩華學姊、明美學姊她們相比，我真的算不上什麼。

畢竟只要在明美學姊面前一有失言，我的立場馬上就會消失無蹤。

透過剛才那番對話，就讓我切身體會到這點。

「好了，站起來吧。明美可是大家的模範耶。」

彩華學姊拍了拍舞台，明美學姊這才半開玩笑地站起身來。
看到她的反應，彩華學姊也覺得很逗趣地笑著。
高年級生醞釀出的那種獨特領袖魅力。
然而我非常不喜歡明美學姊營造出來的這種氛圍。

◇◆

距離三年級最後一次的區域大賽剩下不到兩星期的某一天，我偶然遇到自己一個人走在回家路上的彩華學姊。
感覺可以跟她聊上十分鐘左右，因此我決定提起只有現在才能說的話題，並開口說出一直感到費解的疑問。
「彩華學姊，妳跟明美學姊很要好呢。」
「畢竟我們是隊長跟副隊長啊……志乃原同學，妳應該不太喜歡明美吧。」
「咦！」
我連忙看向彩華學姊。不喜歡她的事情，要是從彩華學姊的口中流露出去，那可就不得了了。

這時，彩華學姊只是輕輕聳了聳肩。

「聽我說，我是隊長喔。就算我去散播低年級生的這種敏感話題，也只會招來壞處而已。」

「啊。也、也是……」

這句話比起拙劣的解釋還更值得信任。不過冷靜下來想想，就算不用這樣解釋，彩華學姊也足以令人相信了。

「在妳們這些二年級的看來，應該會覺得明美很可怕吧。」

「是啊……該怎麼說呢，總覺得很有壓迫感……那個，這也不是壞話……」

「呵呵，別擔心啦。不過也是呢，下次我若無其事地跟她說說看好了。我們就快要離開社團了，但既然是最後一場大賽，還是希望能跟大家一起打得開心一點。何況也要請啦啦隊隊長志乃原盡全力替我們加油呢。」

「這就儘管交給我吧！」

我拍了拍自己的胸口。

我總是盡全力在替選手們加油。這既是我們這些學妹的義務，也是在大賽中唯一能做的事情。

統領二年級跟一年級的社員在場邊加油的工作，總是交到我的手上。

但最近在練習賽的時候有讓我上場打完一整節，投籃的成功率也漸漸提高了。我自認就只有單挑的技術還不夠純熟，除此之外我有著不輸給三年級學姊們的自信。說不定還能在正式比賽中，跟彩華學姊一起站在同一個球場上。

話雖如此，三年級的人數多到板凳球員都編列不下。考慮到這是最後一場大賽，因此我的目標是希望能被選為替補球員。

「我會努力成為彩華學姊的助力！」

「啊哈哈，這時候應該要說是為了籃球社吧。」

彩華學姊和煦地笑了笑之後，突然停下腳步。

在她視線前方，只見明美學姊跟一個男學生走在一起。

由於從背影看不到他們的表情，也辨別不出對方是誰，但從他們牽著手的動作看來，很明顯就是一對情侶。

「……還不是很快就會分手了。」

真心話不禁脫口而出。

我連忙想把話吞回去，卻已經來不及了。

再怎麼說，這都不是在身為朋友的彩華學姊面前該說的話。因為對戀愛感到自卑什麼的，根本稱不上藉口。

結果我還是因為明美學姊跑來找我商量戀愛的話題，害得我必須花費更多心思在這上面，才會多少心懷不滿吧。

但彩華學姊簡短地回應：「別說這種話嘛。」繼續說了下去。

「以機率來說，他們確實很有可能分手。但當事人相信能夠繼續交往下去。既然如此，我們這些局外人就不該說三道四。」

「……對不起。」

「沒關係。畢竟志乃原同學，妳討厭戀愛這檔事嘛。我也能明白妳的心情。看妳都會陪明美商量，我覺得妳真的很厲害。」

——我也能明白妳的心情。

會對不懂戀愛的我這麼說的人，絕對只有彩華學姊而已。

要是其他人這樣跟我說，我肯定無法相信。

彩華學姊比我還要更常被男生告白。然而她從沒交過男朋友的這個背景，讓我相信她所說的這句話。

「彩華學姊，妳都是怎麼拒絕男生的告白呢？」

「嗯～就是一直主張自己對戀愛不感興趣吧。何況也真的是如此。」

「……我也這麼試試看好了。」

我總是用「我配不上你啦」之類的理由拒絕對方。

這是為了盡可能不要傷害到對方的自尊心。

但彩華學姊這樣貫徹自我的拒絕方式，讓我覺得她很誠實。果斷一點甩掉，感覺對方反而也比較能夠接受。

「彩華學姊真的很體貼呢。」

我小聲地說了一句之後，彩華學姊搖了搖頭。

「我只是以自己為優先而已。說真的，無論對方聽到我這麼拒絕會怎麼想，都跟我沒關係。」

這時空中的烏雲滴滴答答地開始下起了雨。

我連忙撐開摺疊傘，並朝著彩華學姊遞了過去。

彩華學姊婉拒之後，便繼續說：

「志乃原同學，妳也以自己為優先比較好喔……不過，那也不代表要做出跟我一樣的應對，這要多注意一點。」

「就算被人告白，也要以自己為優先嗎？」

聽我這麼問，彩華學姊只是猶疑了一下就點點頭。

「……我可不想突然被人告白之後，就被耍得團團轉的。那種突發式的折騰，就跟一場輕微災害差不多。」

正因為是被人告白好幾次的彩華學姊，才會得出這個結論吧。

何況她對戀愛又不感興趣，那更是折磨。

彩華學姊是因為對戀愛不感興趣，因此拒絕他人的告白。但我覺得就本質上來說，她會不會是不適合談戀愛呢？雖然我完全沒有資格講這種話就是了。

「不知道彩華學姊喜歡的人，以後會不會出現呢。」

「不知道耶。但不管去哪裡找，應該都沒有這種人吧。」

彩華學姊一臉不感興趣的樣子，這麼回答。

聽到這個回答又讓我感到放心，同時不禁勾起了嘴角。

「因為，大家都沒有在看我啊。」

然而從旁聽見的這道聲音，感覺好像比平常更暗沉了一點。

漸漸地，雨勢也越下越大。

◇
◆

「我喜歡妳。」

眼前是個高年級的男學生。

我曾在校內看過他好幾次，對這個人有一點模糊的印象。我記得他是宮城學長。是我的朋友們之前說他很帥並起鬨過的人。

從他那頭隨性抹了一堆髮蠟的模樣看來，我應該是沒有記錯人才對。

久違地被人告白了。但是，有兩件事是我第一次遇到。

首先，對方是個學長。

另一個，這是我第一次跟宮城學長見面。

「那個……不好意思，我完全不認識學長。」

我這麼回答之後，宮城學長驚訝地睜大了雙眼。

「是、是喔。感覺還滿常跟妳對上眼的，以為彼此之間都有所認知……我叫宮城。」

「我知道學長的名字。不過我不曉得……有對上眼這種事。」

聽我這麼說，宮城學長一臉受到很大打擊的樣子。

他大概作夢也沒想過自己竟然這麼沒被放在眼裡吧。

宮城學長確實是所謂的帥哥，但我跟彩華學姊一樣，對戀愛這件事情本身就不感興趣。

就算我感興趣，也完全沒有能喜歡上宮城學長的自信。

然而就算老實說出這種事情，只會傷到對方而已。

於是我說出一如往常的拒絕的話。

「不好意思。我配不上像宮城學長這樣的人。」

結果，宮城學長因此皺起了臉。

「不，我就是在說想跟妳交往啊。」

「所以說，是我配不上——」

「這種事情，只要我們互相喜歡就沒差了吧？」

聽宮城學長這麼說，我不禁語塞。

這還是我第一次遇到在拒絕了告白之後，對方還說了這麼多的情況。

當我不知道該做何反應的時候，宮城學長就嘆了一口氣。

「妳應該不是這樣想的吧。我覺得這種時候說出真心話，才是一種禮貌。」

宮城學長話中帶刺地這麼說。

……如果是彩華學姊，就不會讓場面變成這樣了。

彩華學姊打從一開始就會說出自己的真心話，並當場結束這個話題才對。

光是憧憬，什麼也無法開始。

我第一次決定要開誠布公地說。

反正都已經惹對方生氣了。我也沒什麼好失去的。

「我沒有自信可以喜歡上宮城學長。」

毫無疑問地，這就是我的真心話。

但是，藏起恐怕會傷到他人的真心話是一種禮貌。

……要是惹這個學長生氣，會怎麼樣呢？

事到如今我才開始後悔，但為時已晚。

我畏畏縮縮地試探起宮城學長的臉色。

——但令人意外的是，他的表情看起來豁然開朗。

宮城學長接受了這個說法並點了點頭，隨之又搔了搔頭。

「這樣啊。看來我還差得遠了呢。」

「對——對不起，我說了這麼囂張的話。」

「哈哈，沒關係啦。我才要謝謝妳對我說了真心話。」

宮城學長這麼笑了笑，便轉身背對了我。

真是令人意外。

因為這也是我第一次遇到在拒絕別人的告白之後，對方還向我道謝的狀況。

「我、我才要謝謝學長！」

聽我這麼說，宮城學長稍稍高舉起手作為回應。

看著他漸漸走遠的背影，我內心出現了一個想法。

我還是沒辦法對戀愛提起興趣。

但有異性接受了我的真心話，感覺……也滿不錯的。

◇◆

進到體育館的那個瞬間，我就覺得氣氛好像不太對勁。

被宮城學長告白的隔天放學後。

明顯有著某種異物，就混在一如往常的氣氛之中。

無論是球鞋摩擦的聲音，還是籃球在地板上反彈的聲音，聽起來都讓我莫名覺得跟平常不太一樣。

「午安——！」

我大聲地招呼之後，社員們也跟平常一樣對我做出回應。

心想大概是我的錯覺，便淺淺嘆了一口氣。

——這個瞬間，一顆橘色的球體撞上我的右肩。

從視線死角飛過來的籃球滾落地板，這道疼痛的感覺迫使我皺起了臉。

我朝著球飛過來的方向看去，只見一個淺色褐髮的社員朝我跑了過來。

「抱歉！妳沒事吧？」

原來持球的人是明美學姊。

我精神飽滿地回應：「我沒事！」並將球還給她。

明美學姊雙手合十地向我道歉，接著繼續進行高年級生的自主練習。

——距離三年級生的最後一場大賽沒剩多少時間了。

彩華學姊跟明美學姊都比我們還要早就來到體育館練習。

比起接下來就輪到我們這個世代當家的期待感，彩華學姊她們即將離開社團的失落感還來得更大。

三年級生的主力離開之後，這個社團的戰力就會頓時下降許多。

但比起這點，更令我覺得討厭的是無法再站在這麼近的距離，看著那些值得尊敬的人。

彩華學姊就不用說了，明美學姊也具備著我所沒有的東西。雖然不是很喜歡她，但她要離開社團也會讓我感到悲傷。

「集合！」

彩華學姊的聲音在體育館內迴響著。

我們低年級生將原本拿在手中的球先丟到角落去，並以半圓形環繞著彩華學姊。

彩華學姊的手上拿著一張A4大小的影印紙。

我馬上就知道那上頭寫的是板凳球員的名單。

大賽前由隊長發表板凳球員的名單，是這個籃球社的傳統。

籃球是一種五人制的運動。

加上先發球員的五人在內，最多只有十五人能被選進板凳球員。

現在這個女籃社大概有將近五十人，因此大多數的人都無法被選進去。就連三年級生也有幾個人已經確定不會入選。

所以大家都屏息以待，看著彩華學姊宣布。

「背號四號，美濃彩華。背號五號，戶張坂明美。背號六號，西野友梨奈。背號七號，縞田萌——」

彩華學姊的口中一個個說出三年級生的名字。從背號四號到八號是先發選手。首先我就完全不可能會在這個階段被選上。

但我很有可能會被選入板凳球員之中。板凳球員當中一定會有兩個二年級的名額，也會在比賽中上場。這是為了培育下一個世代的方針。

我有自信能被選為板凳球員。話雖如此，也只有勉強可以被選上的自信而已。被選為替補選手，也是我最近的目標。

正當我這麼想的時候——

「——背號九號，志乃原真由。」

圍成半圓形的人，不禁議論紛紛了起來。

我也不知道究竟是發生了什麼事。

九號是第六人的背號。是為了改變比賽的走向，而頻繁上場的選手會被賦予的背號。也就是說，我將是在替補選手當中上場機會最多的人。

明美學姊對著議論紛紛的社員喊了一聲：「安靜！」

光是如此，嘈雜的聲音就頓時退去。

彩華學姊點了點頭，並繼續說：

「是明美積極向齋藤老師推薦妳的。我也很贊成。我認為志乃原同學具備這樣的實力。」

我不禁看向明美學姊。

我對於自己擅自懷著不太喜歡她的心情感到羞赧。

明美學姊支持我的成長。說不定是之前在陪她商量戀愛話題時被留意了，但無論如何這都讓我非常開心。

至今我們低年級生即使會被選進板凳球員，拿到的背號也都是十六號到十八號之間。

沒想到竟會拿到九號，無疑是一次飛躍的進步。

說不定這次的發表也包含了繼任隊長的考量。

如果我這次能在大賽中有活躍的表現，肯定會被提拔為隊長吧。

即使彩華學姊跟明美學姊都離開社團了，也能得到新的刺激。

說不定總有一天我也能成為像是彩華學姊那樣的存在。

集合成半圓形的社員解散之後，便開始著重於大賽進行實戰練習。

當我比平常更提起勁地在做熱身運動時，有人將手擺在我的右肩上。

強勁的力道讓我的身體重心為之傾斜。回頭一看，只見是明美學姊。

「志乃原，加油喔。」

「好……好的！那個，非常感謝學姊的推薦！」

聽我這麼說，明美學姊笑咪咪地點了點頭。

◇◆

「咦？」

優子的發言，讓我不禁這麼反問。

明天就是縣大賽的第二場比賽，我們正走在回家路上。

我能感覺得出為比賽做好準備的意識有些動搖。

優子眨了眨眼，並重複說了一樣的話。

「所以說，明美學姊跟她男朋友分手了啦。好像還在體育館後面哭了喔。佳代子說有看到彩華學姊在安慰她的樣子。」

「這……這樣啊。」

結果還是分手了。

換作平常，我應該只會浮現「畢竟兩個國中生交往不過就是這種程度吧」這樣的感想。但唯獨今天不一樣。

「那是什麼時候的事啊？」

「嗯……應該是發表板凳球員的前一天。」

——糟透了。

也就是說，在跟我商量過之後就分手了。她好像也有找彩華學姊商量過好幾次一樣的事情，不一定就是我害的。

應該只是時機剛好重疊而已，但我還是不禁感到有些擔心。

「但是……她看起來一點也不在意的樣子耶。感覺跟平常一樣。」

會來指導我們低年級生，也跟彩華學姊有說有笑的，或是自己默默地練習投籃。應該是沒有任何不對勁的地方才對。

沒想到優子卻睜圓了雙眼。

「拜託，那當然是在假裝很有精神啊。她渾身都散發出剛失戀的感覺好嗎？」

她說得好像看就知道的樣子，讓我不禁嚥下原本要繼續說下去的話。

「聽妳這麼說……好像也是喔。」

最近跟朋友講話的時候，總覺得疏遠的感覺越來越重。就像是現在。我無法去推測因為戀愛而牽動的情感是怎樣。因為我自己沒有戀愛的經驗，說來也是理所當然。

……不過，沒事的。

這種疏遠感的前方，還有著彩華學姊那樣的存在。

連明美學姊都要服從的人，就在這條路上的前方。

「不過如此一來，明美學姊也總算要離開社團了。她真的有夠可怕～」

「啊哈哈，她確實滿可怕的……但真的要離開，總覺得也滿寂寞的耶。」

聽我這麼說，優子深深嘆了一口氣。

「那是她滿喜歡真由，妳才會這麼想。哪像我～真的都要畏畏縮縮的耶。」

「怎麼了嗎？」

「沒有啦，我只是聽說的。雖然只是謠傳，但我聽了就覺得很難接近她。」

……是怎樣的謠傳啊？

平常都不會在意的話題，我今天卻莫名想問個明白。只是一旦做出行動，就等同於承認了內心湧上的雜音。

一如往常——要一如往常。

她並不像自己的言行那樣，其實是個陰險的人——優子的這句話，令人不悅地一直殘留在耳中。

◇◆

「彩華！」

明美學姊投來的猛烈傳球，掠過我的耳邊傳到彩華學姊的手上。

彩華學姊回頭往後跳起來閃過敵隊防守的阻擋，用不穩的態勢出手投籃。

儘管籃球的軌道有點短，還是在猛力撞上籃框之後，被吸入了籃網。

六十二比五十八。

距離比賽結束剩下不到五分鐘。

不過是第二場比賽，我們面對敵隊卻陷入超乎想像的苦戰。

對手隊伍裡有個低年級的選手是實力超越明美學姊的得分手。

在籃球比賽中，四分的差距對於落後那一方來說幾乎是沒有差異。

我們之前認為最大難關是下一場比賽，覺得大概能贏過第二場比賽的對手，沒想到幾乎要被她們緊緊追分的氣魄給吞噬了。

我方用了好幾次Time out來暫停比賽，回過神來甚至已經達到使用次數的上限了。

教練及選手雙方的大意造成極大的影響。

正因為如此——正因為如此。

我在這個局面下被換上場，是為了改變比賽的走向，阻擋對手繼續追分的氣勢。為了讓我們隊伍從壓力中釋放開來。

冷靜安排攻擊手段，利用時間確實得分。光是如此，應該就能擊敗對手才是。

「志乃原！」

子彈般的傳球飛了過來，勉強收進我的手中。

但我不禁皺起了臉。

我要是有稍微豎直手指肯定就會扭傷。但要是沒接到球，就會讓對方有快攻的機會造成失分。

明美學姊每次傳球給我的時機都糟糕透頂。

現在也是，眼前根本沒有任何傳球路線，只能靠單挑闢開一條路才行。然而明美學姊也知道，這擺明是我能力最不足的部分。

即使如此，還在我被防守包圍的時候傳球過來。何況又選在中間沒有空檔，若是不投籃，持球時間就會觸及時間限制的那種急迫時刻傳球過來。

要是持球就必須在二十四秒內投籃，打籃球的人任誰都很清楚這樣的規則。

為什麼明美學姊不傳球給更能確實得分的彩華學姊，偏偏每次都要傳給我啊？

在最後兩秒的時候，要是還沒有可以傳球的路線，我就得硬是投籃才行。只要球有觸及籃框，即使沒有進籃，時間也會重新計算。

「嘿！」

明美學姊一邊躲著防守對我這麼呼喊。

——所以說我辦不到嘛！

我強硬地出手投籃。如果可以像彩華學姊剛才那樣打到籃框進籃就最棒了。

但我終究還是跟彩華學姊不一樣。

球甚至沒有碰到籃框，就這麼被對手搶走。

在這之後的幾分鐘內，同樣的光景一再重現。

就算彩華學姊再怎麼強大，籃球還是一支五人隊伍。除了彩華學姊以外的人要是跟不上，當然會被敵隊壓制。

距離比賽結束剩下二十二秒，比分是六十七比六十八。

我們被對方逆轉了。都只剩下二十二秒，我們隊伍持球的時間卻只有幾秒鐘而已。要是不能在這波攻勢中得分，我們很可能就會輸了這場比賽。

我不禁看向彩華學姊，只見她被雙重防守給盯得緊緊的。會對她警戒到這種程度也是理所當然，但反過來說就是有某一個人可以自由行動。

明美學姊手中拿著球。

她雖然朝我看了過來，但我這邊還被防守盯著。沒有人盯的友梨奈學姊喊著：「這邊！」並朝明美學姊跑過去。

明美學姊的視線轉向友梨奈學姊那邊。

雖然不比彩華學姊，但友梨奈學姊的投籃成功率也很高。

隊伍的命運就交付到友梨奈學姊的——

這時，籃球破風般飛了過來，我便伸手接下。

視線底下是橘色的六號球。來自明美學姊的盲傳。

這個瞬間，我的腦中一片空白。

為什麼要在這個局面傳球給我？友梨奈學姊明明沒有人盯，明美學姊應該也有注意到她的呼喊才對。

為什麼要把球傳給投籃成功率最低的我——

「快投籃！」

「——！」

被明美學姊的一聲怒吼推著般，我在沒有甩開防守的狀態下擺出投籃的姿勢。

我自己也知道這個節奏感糟透了，但要是中途停了下來，球就會被對方搶走。敵隊的防守一點也不鬆散。

不過幸好我的所在位置距離籃框並沒有太遠。

雖然有人防守，但從這個位置投籃的話還是有勝算。

做了一個投籃假動作之後，防守果然上鉤了。

籃框就矗立在變得開闊的視野深處。

從腳底到膝蓋，並將力道送到上半身，我高高跳起。

沒問題。

正當我這麼想的時候，優子說過的話掠過腦海。

——其實是個陰險的人。

「啊。」

就只有一點點，我總覺得手指的力道加重了一些。

我投出的球劃出一道扭曲的拋物線，一下子就打到籃框彈開了。

聽見板凳區傳來的哀號，我儘管動搖，還是為了防守趕緊跑了起來。

整個世界的聲音好像全都遠去。直到前一刻才聽見幾乎要撕裂耳朵的哀號，聲音卻從這個世界消退了。

進攻的對手輕而易舉穿越我而去，更致命的是還投籃得分。

我追著敵隊選手的背影，並陷入宛如事不關己的錯覺之中時，宣告比賽結束的蜂鳴響起。

這是我至今聽過最機械式的蜂鳴。

我一時之間還無法相信敗北的現實，不禁呆站在原地。

雙腳確實因為充斥著疲憊感而僵硬不已，但現在根本顧不了這麼多。

心臟快速地跳動著。

輸了、輸了、輸了。

彩華學姊這個世代，就在這場比賽中結束了。

應該可以繼續晉級下去才對。

我們這支隊伍是認真地以全國大賽為目標。

竟然就這樣結束在這種地方。

……我好希望這支隊伍可以贏得勝利。這也是為了讓彩華學姊更加令人憧憬。

然而，比賽的結果就是一切。

當我看到彩華學姊朝我這邊走過來的時候，我不禁縮起身體。

確實有很多敗因。

然而最關鍵的想必還是──

「志乃原同學，要列隊了。」

彩華學姊一邊擦掉額頭上冒出的汗珠，她的表情看起來很平穩。

「彩華學姊……我、我──」

「走吧。」

彩華學姊揚起柔和的笑容，輕輕拍了我的肩膀。

「好……好的。」

即使做出回應也動彈不得的我，讓彩華學姊輕輕拉著手臂走過去。

就這麼被帶著，我過去列隊進行最後的招呼。

「謝謝指教！」

低下頭後，我發現身旁的友梨奈學姊吸了吸鼻子。

友梨奈學姊哭了。

……當然了，畢竟這成了她三年來傾注在社團活動之中的最後一場比賽。一跟我對上眼，友梨奈學姊心有不甘地笑了。

「輸了呢。」

還以為會被她責備，因此我不禁稍微鬆了一口氣。然而又覺得這樣的自己很可憎，也很難堪。

「……對不起。」

「幹嘛道歉啦。我倒是只想到『謝謝』這句話耶。」

友梨奈學姊對我笑了笑，就朝著隊伍的板凳區走去。友梨奈學姊是跟我們這些低年級生最親近的學姊。然而今天也是最後一次，看見這樣的友梨奈學姊穿著球衣的身影了。不只是友梨奈學姊，所有三年級學姊都是如此。

當然，彩華學姊也是。

我朝著彩華學姊的方向看去，只見她正在跟敵隊的選手交談。

讓我們陷入苦戰的那個得分手流露尊敬的眼神，一再跟彩華學姊握手。彩華學姊透過比賽跟他校選手友好相處的光景，我至今看過好幾次了。

「彩華真的很厲害呢。」

忽然聽見這句話，當我回頭一看，只見明美學姊就站在我身邊。

「……我也算是滿有自信的，但在她面前還是顯得不太起眼。不過，一想到這樣的時間也總算要結束──」

「咦？」

明美學姊的嘴角揚起了扭曲的笑。

「我就痛快多了。總算可以從彩華的詛咒當中得到解放。」

這句話來得太過突然。

我完全無法理解明美學姊在說什麼，不禁睜圓了雙眼。但是……

「要我再說一次嗎？」

看著明美學姊的表情，我漸漸明白了。自從聽優子那麼說之後，我就有種不祥的預感。

「只要有她在啊，一定會有人產生這樣的想法。就算彩華自己沒有那個意思，她也會傷害到人。從今以後，也會這樣傷到很多人……但這也沒辦法。彩華確實很厲害。我在念書方面完全不行，相對地，我籃球打得很好。然而彩華不但會念書，籃球技術更是比我精湛多了。所以我也不是不能信服啦。」

明美學姊嘆了一口氣，並斜眼瞪著我。

「但輸給妳讓我無法忍受。竟輸給只會跟在彩華屁股後面的妳……」

「我？」

「志乃原，妳甩掉的那個宮城啊，就是我的前男友。膽敢勾引那傢伙的這筆帳，我可會跟妳算到底。不要以為只有這場比賽我就會罷休。」

「妳說這場比賽是……」

「真遲鈍啊。要是想贏得比賽，怎麼可能會傳球給妳。」

我知道自己的眼瞳湧上一股熱流。

那麼，果真是從指名我為正式隊員那時就開始了。

都是因為我甩了宮城學長。

但要為自己的行動感到後悔也於事無補。因為我並不覺得自己有錯。然而我的選擇還是引發了明美學姊的惡行，所以就結果來說依然不對。

都是因為我不上不下的憧憬，導致了最糟糕的結局。

這件事我沒辦法跟任何人開口。因為只會讓人覺得厭惡而已，而且整件事情也都已經結束了。

我不想在即將離開社團的學姊們的記憶中，直到最後的最後還刻印了這麼糟糕的回憶。

就算去責備一個要離開的人，也已經沒什麼意義了。

只要我把這件事放在心裡不說，會留下這麼糟糕回憶的人……也就只有我而已。

即使如此，還是有承受不住的部分。

無意間，我跟彩華學姊對上了眼。

——請救救我。

最後，我用眼神向彩華學姊傾訴。我知道自己的表情一定很糟。正因為如此，我更加確信如果是彩華學姊一定會察覺到。

唯獨彩華學姊，讓我想吐露出這樣難以承受的情感。

「志乃原同學，辛苦了。」

彩華學姊對我嫣然一笑。

那是一副機械式的表情。

我不禁愣愣地半張了嘴。

她應該——有注意到才對。

彩華學姊非常擅於透過他人的表情看出情感起伏。

儘管是只講過幾次話的學妹，她也能從對話中引導出煩惱，並進而讓對方更專注於社團活動之中，這種事我都聽說過好幾次了。

這就是彩華學姊。所以大家才會這麼憧憬。

正因為我比任何人都還要深刻理解彩華學姊，才會用眼神傾訴。

我反問自己。

剛才彩華學姊沒有注意到嗎？

我理解彩華學姊，我的理智做出毫無感情的回答。

——不可能。她絕對注意到了。

所以是被她無視了？

——如果要將視而不見稱作「無視」，或許也沒有錯。

為什麼被她無視了？

即將回答這個問題時，我的頭突然感到一陣刺痛。

就像是在拒絕回答一樣。

『我會以自己為優先。所以，志乃原同學妳也這麼做吧。』

『畢竟我是這個社團的隊長嘛。直到輸了比賽離開社團為止，傾聽學妹的煩惱可說是我的職責。』

這句話反過來說——

就是離開社團之後，便再也跟我沒有關係了。

話雖如此，我內心一直期待著她是不是有把我視為「特別的學妹」看待。但其實自己早就發現了。

其他學姊都會直接用姓氏叫我。這兩年來一直用「志乃原同學」稱呼我的……就只有彩華學姊而已。

仔細想想，每次都是我主動去找彩華學姊攀談，除了事務性告知之外，她從來沒有主動跟我說過話。

什麼嘛……其實我一直以來都知道啊。

對彩華學姊來說，我這個人肯定跟其他可有可無的學妹也差不了多少。

不過是為了一個普通學妹，怎麼會有人願意承擔風險還勞心費神……更何況還是在即將離開社團的時機點，當然不會有人為此採取行動。

如果是這樣就說得通了呢。我帶著自嘲的笑容，走出球場。

在我身後追出來的選手，一個人也沒有。

◇◆

縣大賽結束之後，三年級生都離開女籃了。

彩華學姊、明美學姊還有友梨奈學姊她們都不在的體育館內，讓人感受到比起人數減少還更大的寂寥。

結果，我退出女籃社了。

並不是因為受到明美學姊三番兩次的找碴那類的理由。

明美學姊雖然對我說：「不要以為只有這場比賽我就會罷休。」但在那之後，我周遭依然過著平凡無奇的日常生活。硬要說的話，也只有開始傳出什麼謠言的樣子而已。

我想明美學姊應該也是在比賽結束後，趁著腎上腺素分泌才這麼說。

所以在那場比賽結束之後，即使過了好幾個星期，明美學姊也沒有對我做什麼的時候，我就轉換念頭了。

——理性上應該是如此才對。

但身體還是很老實。

我變得無法在籃框附近出手投籃了。

直到持球擺好架式都沒問題。然而當我拿著球奮力一跳的時候，身體就會變得僵硬。

我投籃了——然而我的投籃像是劃不出拋物線的子彈，直接撞上籃框之後就猛力反彈回來，朝我的臉逼近。

「真由，妳從剛才開始所有球都打到籃框下面耶……」

「我知道、我知道。」

跟平常的我相差太多的投籃姿勢，讓隊員們都非常替我感到擔心。

我也在不明就裡之下試著想克服這種莫名僵硬的狀況，結果過了好幾個星期，也幾乎不見改善。

去了一趟醫院之後，醫生說：「恐怕是一種輕度投球恐懼症吧。」

因為過去的失敗造成心理陰影，以至於就只有在做出特定動作時會出現障礙。醫生雖然表示在他們這裡沒辦法做出正確的診斷，但我自己也認為應該是投球恐懼症所致。

好像也是有恢復的方法，但我在理解到罹患投球恐懼症這個現狀的同時，就果斷放棄籃球了。

打籃球這件事本身確實很開心，但我不想為此面對心理上的問題。

我喜歡籃球。

但是這份「喜歡」也只是普通程度而已，光是如此並不構成繼續打下去的理由。

每當我在極為靠近籃框的地方投籃的時候，腦海裡都會閃現一段記憶。

那跟比賽即將結束時投籃失敗——是不同的光景。

而是彩華學姊的眼神。

好像在看我，又好像沒在看的那雙眼神，會掠過我的腦中。

替我拋開不懂戀愛這種自卑感的人。曾幾何時，我認為只要有彩華學姊在身邊，就能更加穩固我這個人的存在。

然而我只是誤以為自己很貼近她的心，打從一開始想必她就沒把我當一回事。

——一個人的心真是難以捉摸。

我完全做不好呢。

爸爸跟媽媽也是——或許就是捉摸不了彼此的心情才會離婚。就連一同相伴這麼多年的人都會像平行線般錯過。

可見心意相通絕不容易。

我不禁懊悔地想，要是懂得戀愛就好了。

年幼的時候是有過好幾次的回憶，但那種東西無法成為任何助益。

我無法想像明美學姊的心，全都因為我不知道什麼是真正的戀愛。

如果是有好好談過戀愛的人，一定能給出更有益的建言。如果我對戀愛話題之類的八卦也感興趣，或許就能掌握宮城學長跟明美學姊之間的關係了。如此一來，我也會主動跟宮城學長保持距離。

如果我做了這樣的選擇，比賽就不會輸在那裡，彩華學姊也能更往上邁進，成為我理想中的存在——

當我的思緒想到這裡，我重新察覺了一件事情。

我一點也不憎恨彩華學姊。直到現在，彩華學姊依然是我的理想。

我只是發現自己跟彩華學姊其實相距甚遠，因此感到有些挫折而已。

只是我擅自期待，又擅自受傷而已。

當我可以談一場真正的戀愛時……是不是就能夠正確衡量與他人之間心的距離了呢？

我想，應該會比現在好多了吧。

我最後再看了一眼籃框，便離開了體育館。

◇◆

自從進入大學之後，我才主動踏入體育館。

在大學入學時，除了認真念書之外，我還有兩個目的。

一個是談戀愛。

另一個是克服自己的弱點。

體育館象徵著我的弱點。

擅自將自己的理想加諸在彩華學姊這個他人身上，得知其實不被當一回事的時候就擅自感到受傷。國中時候的我，總是透過依賴他人以維持自己的堅強。

在過了五年歲月的現在，我認為已經看開到可以拿來自嘲的程度，然而我總覺得那個時候的自己還殘留在本質上。無論身心應該都有所成長了，至今卻還無法抛開這樣的懸念。
因此為了證實自己有所成長，也只為了想向自己證明已經克服了自身的弱點，而體驗加入大學的籃球社，並一再主動踏入體育館。
經過將近五年的時間，我的投球恐懼症已經沉寂下來了。
醫生說是「輕度投球恐懼症」，狀況好像也真的滿輕微的，在高中入學時就已經平復許多。或許以經理身分加入社團，也成了一種治療吧。
偶爾趁著體育課等等試著投籃時，也是表現得跟原本的我一樣。
醫生說環境變化也會成為改善的契機，看來是馬上就出現成效了。
所以我在大學刻意以選手身分加入籃球社，並在跟過去相似的環境中存活下來。我認為這是自己認定已經克服弱點的一種手段。
在體驗入社的期間，練習狀況非常順利。
國中時隸屬於稱得上是強校的我，儘管距離先發球員的寶座還很遠，還是抱持著升上二年級的時候，說不定可以被選入替補球員中的希望。
不過，這也是直到她出現在我面前為止的事了。
事情就發生在結束體驗入社，我正式加入籃球社的第一天。

有著前籃球國手經歷的教練，對新加入的學生打過招呼之後，過了幾十分鐘左右。

正當我用手指轉著籃球的時候，有人從身後叫了我的名字。

「咦，志乃原？」

——這聲音讓我以為自己聽錯了。

我一邊在內心祈禱著希望是我記錯，並轉身看去。

然而，一如預想的人物就站在我眼前。

頭髮染成了玫瑰金，左耳還打了耳洞，但那雙細長的眼並沒有變。

跟記憶中一樣的目光，讓我不禁感到害怕。

「明、明美學姊……」

「好久不見耶。過得好嗎？」

看樣子我的聽力相當不錯。睽違五年聽見的語調，竟能立刻就分辨出來。

但很難想像「過得好嗎」這種話會從她口中說出來就是了。

「這麼久沒見面，真是開心啊。我對妳——」

不知道她要說什麼，讓我不禁做出防備。無論她對我說了什麼，我都要緊閉自己的心。

結果，明美學姊露出一副很愧疚的表情。

我驚訝地睜大雙眼。

「——我得向妳道歉呢。妳還記得那時候的事嗎？」

那時候是指哪個時候啊？

是指敗北的那場比賽嗎？還是比賽一結束的時候呢？

抑或是在我離開社團之後，在低年級生之間放出子虛烏有的謠傳那時啊？

我記得是「志乃原只對別人的男朋友感興趣」吧。

那真是個誇大的謠傳。就算將我「對戀愛不感興趣」的情感，轉換成「對誠摯的戀愛不感興趣」，也姑且可以說得通。

話雖如此，大概是我至今的言行舉止奏效了，謠言傳開之後，同學避著我的時期還不到一個月，因此沒有陷入致命的狀態。

不但如此，一時之間離我而去的朋友，馬上就重新相信我的為人並向我道歉，反而成了加深情誼的契機。那次的謠傳包含了只有明美學姊知道的事情，因此我也確信她肯定是主謀者，但畢竟事情沒有鬧大，我就沒有直接去質問她。

「難道妳不記得了嗎？」

「……不，就是……我在想是哪一件事情。」

我坦率地這麼說完，明美學姊只是稍微想了想，就如此回答：

「應該就是志乃原現在想到的事。」

真是個卑鄙的人。

如此一來，我就必須說出口才行。就算明美學姊不記得了，也會輕易像這樣以殘骸般的道歉了結這件事。

成為大學生之後，大家都有自己明確的想法了。應該很難再像國中時那樣，對周遭的人施加必須站相同立場的壓力。

所以明美學姊才會為了可以跟過去迫害過的對象進行平穩又圓滑的交流而道歉。

——開什麼玩笑。

既然如此，倒不如就這樣表現得像是沒發生過任何事情還比較好。

毫無顧慮地重新掀起過去的傷痛，反而更讓人困擾一百倍。

反嗆她幾句好了。

正當我這麼想的時候，身體卻出現了異常。

我的腳在發抖。

就跟以前國中那時一樣。

即使離開社團之後，每次只要看到明美學姊，我就會下意識縮起身子，彎起背來。

還是那個時候的我。還是軟弱的我。

從剛才開始就已經很不對勁了。

什麼叫為了不被她對我說的話影響而緊閉內心，這正是自己還在害怕的證據。
既然想要克服這點，我就該直接面對明美學姊才對。
但是，雖然不是完全沒有，我依然提不起那股氣力。
我不過是為了增加自己的自信，才會用「克服」這種好聽話來告訴自己而已，實際上我依然是個當造成問題的人物來到眼前時，還會不禁感到害怕的膽小鬼。
只要面對明美學姊，我就會恢復成那個時候的自己。就像是在跟國中時期的朋友聚會時，聊天的感覺就會恢復到當時那般一樣。
這讓我理解到高中的自己之所以可以那麼開朗，單純只是換了個環境罷了。我可以一點一點累積起自信至今，只是因為身邊沒有明美學姊而已。
到頭來，我還是沒有任何改變。
再次體認到這件事，讓我不禁緊咬了下唇。
「沒想到志乃原也念同一所大學啊，彩華應該也會很高興吧。妳要是遇見她，記得去打聲招呼喔。她通常都會出現在經濟系的校舍附近。」
拿在手中的球，就這麼滾落到場上。
彩華？彩華學姊就在這所大學嗎？
消息接二連三地傳來。停下來的指針，又再次動了起來。可以的話，我比較希望那個指針能夠永遠靜止下來。

「彩華學姊也是念這所大學嗎？」

「對啊。妳果然忘不了她呢。」

「……怎、怎麼忘得了啊。」

現在就連社群網站都沒有與她連繫，因此真的很久沒聽到這個名字了。但她肯定是個忘不了的存在。

我並沒有對於彩華學姊抱持懼怕的心情，也沒有感到憤怒。湧上我內心的情緒，單純只是一種心情而已。

——好想再見她一面。

彩華學姊這個存在，對我來說強烈到我認為往後應該都還會記得這個人。

她確實拋棄我了……不，應該說是本來就沒有把我放在眼裡。

但是，我覺得這樣也好。

我對彩華學姊的憧憬，也包含了她以自己為優先的想法在內。實際上國三到高三這四年當中也是有那句話的支撐，才形成了現在的我。

不只是同性的朋友，我還交到不少異性的朋友，放眼學年算是廣為人知。在校時被選為班長，大考也表現得很成功。

儘管沒有談成戀愛，但除此之外都很充實。

甚至讓我萌生了想向她道謝的心情。

我對明美學姊說的話點了點頭。不過無論如何，我也只能點頭就是了。

「我知道了。我會去跟她打聲招呼。」

「很好。那我要說的就是這些了。」

咦？結果沒有道歉嘛。

腦海中浮現的這句話，從心底湧上喉頭。但最後還是沒有說出口，就這麼嚥了回去。

現在先忍耐一下吧。

只要能見到彩華學姊，一定就能堅強起來。就像我在高中成為班上的中心人物一樣，想必能再次從她身上得到成長的契機。

在那之後，再來面對明美學姊就好了。

盡全力擠出的笑容背後，我如此下定決心。

◇◆

國中時的朋友中都沒有人知道彩華學姊的ＬＩＮＥ，因此無法跟她取得聯繫。

雖然也能請明美學姊告訴我，但我想將這留作最後手段。自從剛開始跟她打了招呼之後，明美學姊就相當頻繁地來找我聊天。

她的表情總是一副友好的樣子，然而眼睛都沒在笑。這點跟國中那時完全沒變，因此我馬上就能察覺出來。

現在的明美學姊跟國中時相比沉穩許多。她的籃球實力如果有隨著年月如實提升，現在要變得很蠻橫也不稀奇，然而不只是我，她也會跟其他學妹毫無隔閡地攀談。

應該是因為在明美學姊之上的那一代學姊，還在籃球社裡的關係。

因此當明美學姊成為社團中心人物的時候，不知道會變成怎樣。我並不太期待她真的有變得多沉穩。

說真的，光是看到她的臉，身體就會覺得沉重了起來，讓我完全喪失了原本想去參加社團活動的心情。

這是我為了克服自己的弱點而選的社團。但反正是給自己銬上的枷鎖，只要我想，隨時都能取下來。這讓我再次體認到，果然只會給自己設下不會太高的門檻而已。

好想見到彩華學姊。不懂戀愛的我所憧憬的人，也是我的目標。只要能跟彩華學姊說上話，總覺得可以再次重新審視自己。

……不，這只是我的期望而已。

「志乃原。」

聽見有人叫了我的名字，讓我感到有些困惑。

我對這道聲音沒有印象，因此費解地回頭看去。

「果然是妳！好久不見耶，過得好嗎？」

我愣愣地張了嘴。

那副容貌，就是我直到現在都還忘不了的憧憬。

帶著豔麗光澤的黑髮留得比記憶中還要長，雖然這是第一次看到她穿便服的樣子，但那副媲美知名女演員的端麗容貌，我不可能會認錯。

「彩華……學姊？」

會帶著疑問句，是因為我還難以置信。

這並非針對她的容貌，而是聲音跟表情。

「真的好久沒見面了。原來妳進到我們大學啊，真開心呢。」

「開、開心？」

「嗯，竟然還能再見到國中時的學妹，讓我感觸很深啊。是說志乃原，妳變得超可愛的耶。國中那時就滿可愛的，該說是更洗練了嗎？妳現在應該很受歡迎吧。」

她帶著滿臉笑容，接連朝我拋出一個又一個問題。

「啊，對了。高中時我重新開了一個LINE的帳號，妳加一下這個吧。」

抵抗不了她的氣魄，我便透過QR Code輕輕鬆鬆就加了彩華學姊的帳號。國中時若是能跟彩華學姊交換聯絡方式，甚至可說是一種地位的表徵了。

現在卻是這麼簡單就能交換到。

而且我至今從沒聽過她這樣特別開朗的聲音。

平常都是那麼凜然的語氣，當她登高一呼，就會帶出一股讓大家不禁挺直背脊的緊張感，平靜地講話的時候，也會讓人覺得很沉著。

我對彩華學姊這個人抱持的印象是姣美空靈。

但此時近在眼前的彩華學姊則是開朗快活、天真爛漫。

看在他人眼中，這兩者都是給人很好的印象，但對我來說——

「小彩——！」

在一陣嘈雜聲中也能聽得很清楚的一道男聲，叫了彩華學姊的名字。

彩華學姊回頭一看，只見一個頂著狼尾頭並戴著耳環的男生，露出一口潔白的牙齒朝這邊走來。

一副玩咖的樣子。他踏著輕快的步伐靠近，開口就說：

「小彩，聽說妳昨天跟由季她們去參加聯誼了？為什麼不找我去啦——！」

「啊哈哈，抱歉！昨天剛好只要女生有湊齊就可以了嘛～元坂，下次有機會再約你就是了，原諒我吧！」

「真的嗎～？但平凡無奇的這個時期舉辦的聯誼也都不怎麼樣……對了，下次再挑聖誕節那時候辦一場如何？」

「真的啦！也是呢，我再考慮看看～」

彩華學姊舉起單手逗趣地回應。

我不敢相信眼前看見的這幅光景。

——她是誰？

很融洽地跟一個感覺就很輕浮的男生聊著聯誼話題的彩華學姊，在我看來只顯得滑稽。

隨著指針的前進，在我心中的黑色情感也跟著盤旋起來。

曾幾何時，我以為彩華學姊一直都不會改變。

但我錯了。過去對戀愛不感興趣的彩華學姊，現在時不時就參加聯誼。

還笑咪咪地跟態度輕浮的男生有說有笑。

當她在跟那個人講話的時候，接連有各式各樣的人來向她攀談，無論面對任何人，她都是滿臉笑容以待。

這是怎樣？

我對秉持自我的彩華學姊抱持著憧憬。所以儘管自己因為她秉持的自我而被排除開來，也對這個事實感到悲傷，卻絕對不會憎恨。

然而現在的彩華學姊感覺就像不再秉持著那份自我似的。

——那不就跟我一樣。

竟然不被這種人放在眼裡，還被她棄而不顧。

我到底算什麼呢？

我是在內心確定自己贏不過彩華學姊，所以才能接受這一切，但就連這樣的她都淪落到這個地步，我就非得承認自己是極為渺小的不起眼存在。

……我才不要這樣。我不認識眼前這個人。

這種人——

「抱歉、抱歉，剛好朋友來找我。」

彩華學姊雙手合十，稍稍對我點頭致意。

「學姊是從什麼時候開始變成這樣的？」

「咦？」

不禁脫口而出的話，已經停不下來了。

「笑死了。原來我完全不了解彩華學姊呢。」

就跟國中那時一樣。擅自抱持期待，然後又擅自遭到背叛的感覺。

站在彩華學姊的立場看來，一定覺得很莫名其妙。但即使明知如此，我還是無法壓抑下漸漸湧上堆積在內心的黑色情感。

明美學姊跟彩華學姊還有聯繫。如果我現在不按捺下情緒，自己在籃球社裡的立場說不定會變得很為難。

然而我現在並沒有冷靜到可以去思考這種事情。即使直到上一刻，我甚至覺得也該向她道謝。

「看著彩華學姊的臉，我總算明白了。」

我就是這麼軟弱。

「事到如今，我討厭彩華學姊。」

我希望自己不要這麼軟弱。所以才會透過將彩華學姊神格化，來告訴自己被她拋棄並沒有那麼悽慘。

我就是這樣逃離軟弱的自己。

所以憎恨彩華學姊的情感，在某方面來說可以解釋成是我承認了自己的弱小後，滿溢而出的情緒。

——總算承認自己的軟弱了吧。既然如此，也不必再留在那個籃球社了吧？

在我自己內心的黑色情感拋出了這樣的話。

我也沒聽彩華學姊作何回應，就逕自轉身離開了。

雖然在籃球社待了幾個月，最後還是變成幽靈社員，並就此離開社團。

那個時候成為男朋友的遊動學長見我離開社團很開心，我卻感覺得到內心有股焦躁感日漸膨脹起來。

——其實，我也知道。我全都知道。

這只是在逃避而已。

我一直都在逃避某個東西。過去是逃避戀愛。現在則是逃避彩華學姊。明明很想克服自己的弱點，卻讓這些問題一一浮現。

之所以身穿象徵幸福的聖誕老人服裝，或許也代表著自己想逃離這樣的現實。

想用幸福的記憶掩蓋掉自己的弱點。

到了聖誕節這段期間，所有走在路上的人看起來都很開心。做了這身聖誕老人的裝扮，總讓我覺得從那些人身上分到了一點幸福，是一段充實的時間。

我親手發著聖誕節派對的傳單給路過的行人。

我打工的地方好像是個會在聖誕節、情人節及萬聖節等時期舉辦聯誼類型派對的公司，我也想著總有一天要去參加看看。

雖然現在是被劈腿的階段，遊動學長依然是我的男朋友。

不過最近應該就會分手，我也準備好了接下來的計畫。

好想快點了解真正的戀愛。

而且那樣的派對場合，肯定會聚集很多強大的人。會主動去克服很少有機會認識異性這種現況的人，想必比起那些雖然焦急，卻只懷抱著「等待機會」這種曖昧希望，還不採取行動的人強大得多。

我想，自己肯定是無論何時都在追求著比自己強悍的人。

因為自己很弱小，所以才想要透過強大的人得到一些刺激。我總是凡事都只想依賴他人。

不要期待自己，才會過得輕鬆一點。

——就在這時，一個我有印象的人物出現在視野之中。

跟我念同一所大學，年紀應該比我大的一個男學生。

我好幾次在校內看到他跟彩華學姊相處融洽地在聊天的身影。

總覺得彩華學姊打從心底信賴這個人，因此讓我感受到不小的衝擊。

能讓彩華學姊露出那種表情的他，究竟蘊含著怎樣的個性呢？

那個人一定具備某種我不得而知的力量。

說不定他知道彩華學姊會有這種改變的原因。他也有可能跟這個原因多少牽扯上一點關係。

……好想知道。

說真的，我很難想像那個人具備什麼足以改變彩華學姊的特質。

但當我知道那股力量為何的時候，我想必就能變強。

這依然是寄託在別人身上。這次甚至是從來沒有說過話的，真正的陌生人。

——就當作是最後一次吧。

為了改變，我現在也只能仰賴別人了。不過我想這世上一定有著很多這樣的人。

希望總有一天，我也能成為改變他人的強者。

為了成為那樣的自己，就必須跨出這一步。

於是，我下定決心向前邁進。

第8話　盤旋的燕子

聽完一連串的事情之後，我深深嘆了一口氣。

我還以為會認識志乃原只是單純的偶然。應該說，撞散她的傳單這個契機本身真的是一場偶然吧。

只是在那之後，志乃原會那麼明顯地縮短跟我之間的距離，原來背後有著這樣的緣故。

說真的，我完全沒有察覺。

我只覺得志乃原大概就是這種個性，並深信不疑。第一次覺得不太對勁，是在聽說了志乃原的戀愛觀那時。

即使有著「想了解戀愛」這個理由，我們拉近距離的速度也有點太快了。不但跑來我家，甚至還過夜。

不過促成那些契機的也並非他人，正是我本人，因此當時並沒有放在心上。在我的想法中，是因為我們都有著被戀人劈腿這個奇特的共通點，再加上戲劇化的邂逅方式等各種理由，才會度過比他人還更親暱的時間。

當然，這些事情應該也占有部分因素才是。

但是平安夜那天，我自己也說過：「感覺一點也不像昨天才剛認識。」

在跟彩華講話的時候，時不時會覺得周遭有人朝我們這裡看過來。現在仔細想想，那應該就是志乃原吧。

之前還曾產生過搞不好我也具備某種自己都沒注意到的魅力之類的，這種健全男生會有的想法，現在讓我很想至死都不要說出口。

但是，志乃原最後說的話令我很在意。

「所以說，妳搞懂什麼了嗎？我所具備的特質是什麼啊？」

「不，我完全搞不懂。」

「喂！」

我看還是死都不要說吧。當我重新這麼想的時候，志乃原就噴笑出聲。

「我來猜猜學長現在在想什麼吧。」

「……哦，請說。」

「今天的晚餐會是什麼呢？」

「妳把我當成什麼了啊！」

就連擦邊也沒有的回答，讓我忍不住吐槽。

志乃原動作輕盈地跟我拉開距離之後，揚起一抹笑。

「學長！」

「幹嘛啦！」

「啊哈哈。我放心了。」

正想抓住她的手，突然就停了下來。

「學長，你沒有生氣呢。」

「我要生什麼氣啊？還以為那個時候是偶然這點嗎？」

「根據狀況而定……這個生氣的點也是可以啦。畢竟一開始我確實多少有點盤算。」

「但現在並不是如此吧。那就好啦，沒差啦。」

「沒、沒差嗎！總覺得你這個說法也很傷人！」

「妳很煩耶！」

志乃原伸手就想抓住我的手臂，這次換我躲開了。

「嗚嗚！好過分！這是我的愛情表現耶。」

「既然如此就給我重新審視一下，絕對還有其他優點吧。」

一邊這麼說，我也稍微思考了一下。

志乃原究竟是在哪個時間點拋開原本的盤算啊？就如同在聽了她們的過去之前所下定的

決心，我並不打算因為得知這件事，就對志乃原的態度有任何一絲改變。

不過往後應該也有機會想起跟志乃原的這段回憶才是。

乾脆就趁這次機會，辨明我們之間是從什麼時候變成沒有那些盤算的關係，屆時回想起來應該也會覺得比較痛快。

「欸，妳是什麼時候拋開那些盤算的？」

我也想過問得婉轉一點，但現在開門見山地問，才是比較聰明的方式吧。

志乃原將手抵上下巴，露出思索的模樣。

「第一次去學長家之後，就完全拋開了呢。」

「咦？還真快啊。」

我本來預測應該會再晚一點的，這回答可真是出乎意料。

志乃原朝我瞥了一眼之後，淺淺笑了。

「因為學長感覺就不具備我想知道的那個某種特質啊。」

「被瞧不起了……」

見我垂頭喪氣的樣子，志乃原連忙搖了搖頭。

「不，不好意思，這樣講有語病！呃，我想說的是明明同為年長者，你卻有種少根筋的感覺，跟彩華學姊完全不一樣……你們確實非常要好，但好像並不是因為某種我所不知道的特別力量所牽引。」

總覺得做了補充好像也沒有比較好，不過志乃原似乎還沒說完。

「聖誕節那場聯誼上，你敢當面對著看起來就很輕浮的遊動學長直話直說，又很體貼地因為擔心剛認識的我而打電話過來。我覺得這些全都是當時的彩華學姊沒有的一面。」

志乃原喘了一口氣，並抬頭看向我。

她瞇細雙眼，流露柔和的笑容。

她會面對我露出這樣的表情，事到如今總覺得讓我有點難以置信。

「我確實還不懂戀愛。除了小時候之外，真的一次都沒有過那種心情。但不知為何，最近開始變得至少可以想像了。」

志乃原用手指玩弄著一撮深褐色的頭髮，並幽幽地開口：

「換作是彩華學姊的立場，我應該也絕對不想跟學長說吧。」

「這是什麼意思？」

「我並不喜歡替人做掩護射擊，所以不會再說第二次了。」

「沒有啦，我也只是問問。我大概可以猜到。」

「好惡質！」

志乃原先是做出這個反應，接著歪過頭說：

「學長，你真的了解我想說什麼嗎？」

「天曉得，搞不好妳不是這個意思。但說到頭來，不去問彩華本人就沒意義了吧。」

「或許這樣說也沒錯……我追問下去就太沒禮貌了呢。」

我跟彩華是在高中結識的摯友。那傢伙自己也是這麼認為。我們兩人的關係，就是從那時候開始。

撇除開始之前的一切，才能以全新的自己展開未來。這世上肯定有很多事情，是在一度重置之後才朝著比較好的方向發展。

對彩華來說，跟我之間的關係正是如此。

而且，我也目睹了美濃彩華改變的瞬間。那傢伙本來就有著一套自己不會妥協的準則。以自己為優先——有段時期這也正是彩華的本質。

然而，那樣是錯的。

美濃彩華的本質，是以自己想生活其中的世界為優先。

高二那件事，成了那傢伙擴張她的世界的契機。所以彩華才會讓自己以更好的態度待人。這是為了讓自己可以更自在地活在自己想生活其中的世界。她想吸收各式各樣的價值觀，並以此成長。

正因為彩華是這樣的個性，我才會想一直待在她身旁。

「真由，妳還是憎恨彩華嗎？」

「是啊。我很喜歡學長，但這是兩回事。而且人跟人之間也有所謂的契合度嘛。」

「國中那時，妳有跟彩華聊過天吧。至少那傢伙在國中的時候，應該還不會這樣裝作很和善才是。既然可以跟毫無矯飾的彩華聊得很來，我想妳們應該滿合拍吧。」

「……我也曾覺得跟她很合拍喔。但說到頭來，那也是會被她棄而不顧的程度而已。」

「那個時候的彩華，自己的世界還太狹小了。」

「為什麼學長有辦法說出這種話呢？你明明還沒聽彩華學姊說過任何事情吧。」

「所以我現在就是要去對答案啊。」

伸展了一下肩膀，關節也發出喀喀的聲音。

「不過我剛才那樣講，確實太失禮了。光是聽妳說完就自以為了解妳的過去，甚至還擁護妳憎恨的對象。」

聽我這麼說，志乃原低下頭去。她應該也有點不太開心吧。這也是理所當然。

「所以，如果我的詮釋有錯就讓妳揍吧……等等，這是不是有點不切實際？」

用對方會感到猶疑的行為作為補償，就太卑鄙了。

我這麼想著並考慮起其他替代方案時，志乃原輕聲笑了笑。

「好啊，我就跟你賭了。要是學長剛才的說法有錯，我就會拿平底鍋扁你。」

「……咦，妳是要殺了我嗎？」

真的拜託不要做出這種會危害生命的事情。

雖然是我自己提議她可以動手就是了。

呃，但如果志乃原可以因此消氣……

「我本來有猶豫要不要用不給你吃晚餐當懲罰，但我還是想跟學長一起吃飯。別擔心，我會將力道控制在不至於讓你住院的程度！」

志乃原這麼說著，便伸出手臂擠出肌肉。她這動作更煽動了我的不安，但我還是強忍下來向她低頭。

「謝謝妳。」

這個瞬間，頭頂被猛力地打了一下。

「好痛！」

「現在這才最讓我火大！我無法接受學長為了彩華學姊向我低頭！」

當我抬起頭來，只見志乃原就跟今天第一次生氣時一樣噘起了嘴。

「我不想看到學長為任何人道歉。」

「為、為什麼？」

「這是一種束縛啦，束縛。學長你不可以離開家裡。不可以跟其他人講話，也不可以吃飯喔——」

「好可怕，太可怕了吧。」

我半開玩笑地用雙手抱住自己，並開始思考起來。

志乃原說得沒錯，與人之間的契合度會如實分成喜歡或討厭。剛才我說了「志乃原跟彩華的契合度應該不錯」這種話，但隨著歲月流逝，也很有可能真的越變越差。

所以志乃原今天會向我坦言一切，不為別的正是為了我。我必須回報這個學妹的心意，盡一己之力才行。

「對了。剛才明美傳訊息給我，她下星期好像也會來我們同好會。說不定她會變成定期來我們這邊。」

我小聲地這麼說，志乃原的表情也顯得僵硬。

「……這樣啊。她還是對我……」

「我倒不覺得她有那麼恨妳。而且那傢伙現在……也在跟其他男生交往。」

我沒說出她的對象就是元坂。因為現在想想，她會跟元坂交往的原因，可能也是在針對志乃原。如果是這樣，那明美真是個可怕的女人，不過我總覺得她執著的對象並非志乃原。

在打雷之後的課堂上那場邂逅就是佐證了。

「學長。」

「嗯？」

「如果明美學姊會更常來這裡，我就不想待在『start』了。」

「我知道。所以我會想想辦法。」

猶豫到最後，我把手擺在她的頭上。

這讓志乃原輕呼了一聲「呼哇」，並抬頭看過來。

「妳已經是『start』的經理了。雖然我並不是這個同好會的代表或副代表，卻是妳的學長。學長在同好會中幫助學妹是理所當然的……做法多少會有點強硬，但我會跟她說說看不要過來。」

如果明美再更頻繁地來到同好會，志乃原又會變成幽靈社員了。光是如此就足夠成為保護她的理由。

「但我也很猶豫，畢竟總不能永遠這樣逃避下去——」

「逃避過去並不代表軟弱啊。一直無法拋開過去而捨棄『現在』才是軟弱的表現。」

我像在對自己訴說一樣緩緩道來。

「既然要為了現在而努力，就算不回頭看過去也沒關係吧。這不是要妳完全不去回首的意思喔，只是有些事情不用去回顧也沒關係。」

她跟明美的關係，就包含在那些事情當中。

如果突然刺激到想強迫自己忘記的記憶，導致讓人打算離開歸宿的話，就只有現在逃避也沒關係。

假如會害怕到發抖，只要在志乃原自己覺得有辦法面對時，再去面對就好了。就這件事來說，即使不勉強面對也可以。

「……謝謝學長。我會把這點放在心裡一個角落的。」

「竟然只是放在角落喔。」

這確實很像志乃原會有的反應，也讓我笑了出來。

「對，放在角落。因為彩華學姊一開始也很不想提及國中時候的事情對吧。就這點來說……學長現在說這些，只是為了撫慰一時感到低落的我。」

「幹嘛做起什麼奇怪的分析啊。」

「因為，要是不這麼想——」

志乃原逃離我的手中，一口氣跳上只有四階的體育館入口階梯。

「還是請你不要勸退明美學姊好了！」

「咦，為什麼啊？」

「因為，不管學長還是藤堂學長要怎麼勸退明美學姊，都說不過去啊。『start』原則就是來者不拒對吧。除了學長以外，也有很多人會找朋友來。」

「但妳已經是『start』的經理了。為了妳——」

「不可以。因為我正是多虧了這個原則，才有辦法來到這裡。禮奈也是，如果沒有這個原則，她也不能進到這個體育館吧。」

「這……」

「我很喜歡『start』。你可能會覺得我才剛加入而已，是在說什麼啊……但我就是很喜歡。」

聽見這句話，真的讓我感到很開心。即使一開始是她硬要跟過來，但能夠讓人喜歡上自己的歸宿還是很開心。

正因為如此，才會產生想守護這個歸宿的心情。

志乃原或許是察覺到這一點，只見她對我微微一笑。

「進了大學之後，第一次讓我覺得因為隸屬於一個團體而感到幸福的地方就是『start』了。藤堂學長跟學長改變的話，就代表這樣的『start』也變質了。所以，也請你別跟藤堂學長說這件事情。」

我就算了，身為同好會代表的藤堂確實是「start」名副其實的門面。

那個藤堂要是改變了原則，確實就等同於這個同好會變質了。

「除了我以外，一定還有其他在這個溫暖的地方得到救贖的人。無論過去還是未來，一定都有。我不想改變這樣的地方。也不希望這裡變質。」

過去這個同好會很難稱得上是這麼好的地方。志乃原說到這個份上，真的很令人開心。

「……我明白妳的想法了。但實際上要是明美更頻繁來到我們這邊，那妳要怎麼辦？」

「無法面對她的時候，我或許又會選擇逃避呢。要是明美學姊更常來的話，我就不想待在『start』了。」

她若無其事地這麼說，讓我不禁回應她：「喂！」

「但如此一來，學長也會追上來找我。這樣也是滿幸福的。」

志乃原轉過頭來，臉頰染上了緋紅。

「——沒有啦，我說說而已。」

夕陽從厚重的雲層間灑落。

這是進入這場梅雨季之後，久違看見的陽光。

與此同時也開始下起小雨，這讓志乃原感到不可思議地抬頭仰望天空。

「……請快去彩華學姊那邊吧，學長。我好像都在目送別人，不過這樣的立場感覺也滿不錯的。」

志乃原這麼說著，就將手交疊在身後，微微歪過了頭。

「還是說，你要緊緊抱住這麼堅強的我呢？」

「……怎麼會變這樣啊？」

「呵呵。我只是在想，如果有一天學長可以主動這麼做就好了。」

志乃原面帶柔和的笑容，又轉過身看向另一邊。

「其實，我也有站在彩華學姊的立場去想過喔……我一定也會做出一樣的行動。然而即使理解這一點卻還是按捺不住情緒，是因為我不想認為自己這麼難堪。畢竟我直到最後都沒發現這都是我一廂情願的現實。」

聽她說完那件事之後，我也能理解這種心情。志乃原對我來說是個很好的學妹，但也不是個聖人。是個內心有著負面情感的普通人。

無論是不想面對討厭的自己，還是因此說話多少變得比較衝動，都不是我有資格責備的事情。

「我對學長的心意，並不是一廂情願對吧？」

「……我在摩天輪上不就說過了。」

我這麼回答，但志乃原好像希望我能再說一次。與其再讓她流露那種不安的神情，我並不會抗拒將這番話說出口。

「我真的非常珍惜妳。從今以後也不會改變。所以說，也並不會變得是妳一廂情願。還有——」

「還有？」

「妳儘管去依賴可靠的人。這雖然只是隨處可見的一句話，但要是自己悶在心裡，也只會讓事情往不好的方向發展而已。」

就算不是對任何人說出口也沒關係。

但要是一味地悶在心裡不說出來，就會連自己都控制不了。過去的我對此就有著特別深刻的感受。

「依賴他人也是一種強大。應該啦。」

「……學長的優點就是在關鍵時刻總是有辦法搞定耶。你總是……馬上就會說出我想聽的話。平常雖然很那個。」

「那個是哪個？欸，那個是什麼意思？」

「嘿嘿～不予置評。」

志乃原這麼回答的語氣聽起來很溫暖。

給我的日常生活增添色彩的人，轉身朝我這裡看了過來。

「那我就聽學長的話，試著依賴人好了。」

志乃原語畢，奮力地揮起雙手。

「路上小心，學長！我好像一直都在目送你耶！」

「哈哈，也是呢。那我走了。」

在夕陽照耀之下的臉龐，是一副令人眩目的笑容。

我究竟能送給志乃原什麼呢？我今天有送給她什麼東西了嗎？

志乃原時不時就會對我道謝。我想成為可以坦率接受她感謝的人。我強烈地感受到自己想成為志乃原的助力。

直到剛才還在低空飛行的燕子，不知不覺間已經在伸手無法觸及的上空盤旋了。

沒有哪一場雨永不停歇。

遙想著那座摩天輪也還在持續旋轉，我便往前再踏出了一步。

第9話　變化

我來過彩華家好幾次。

但一天來兩次還是頭一遭。

按下電鈴之後，一道輕快的音樂就在走廊響起。這裡跟我住的公寓不一樣，就連室內裝潢也是很沉穩的風格，一個人呆站在這裡，總覺得更加無所適從。

喀嚓一聲，家門也隨之開啟，從中伸出彩華白皙的手前來迎接。

「進來吧。」

「喔。」

我就這麼照她說的叨擾時，不禁嚇到向後退了一步。

彩華跟剛才一樣穿著小背心卻沒披上連帽外套，整個胸口都露了出來。下身的短褲更是短到不能再短，幾乎跟穿比基尼泳裝沒有太大的差別。

「妳這是什麼打扮啊！」

「怎樣啦，這裡是我家喔。怎麼穿是我的自由吧。」

這麼說著，彩華還是從沙發上撈起剛才穿著的連帽外套。

確認她穿上附有黑色兜帽的連帽外套包覆住身體之後，我才總算踏入她家客廳。

「該怎麼說呢，也太毫無防備了吧……」

「抱歉抱歉。」

彩華帶著苦笑，便拉起外套拉鍊。

但她途中卻停下動作並開口說：

「要再多看幾眼嗎？」

「給我拉上去！」

「是是是。」

彩華感覺很逗趣地笑著，才將拉鍊拉到脖子的地方。

這好像也讓我湧上一股感到可惜的心情，但我猛搖著頭甩開這樣的邪念。

看我這個反應，彩華便揚起嘴角。

「怎麼，你還是很想看嘛。」

「才不是！」

我這麼大喊否定她的說法，並直接撲向放在沙發上的抱枕。剛才跟彩華見過面之後也還過不到半天時間，卻莫名覺得好像很久沒來了。

「沒想到都已經晚上了，你還會來我家。」

彩華語氣平靜地這麼低語。

我撐起身體，等她繼續說下去。

「我也覺得你今天會再來找我，但都這麼晚了，我想說你應該會改天再過來。」

彩華的眼神朝著時鐘看去。時針指著晚上九點。

「肚子不餓嗎？」

「餓了。」

「不會想睡嗎？」

「想睡。」

「……那你為什麼還要今天來啊？」

彩華傻眼地嘆了一口氣。

我自己也是這麼想，所以在聽志乃原說完之後，立刻就想回到這個地方。

我想確認自己的心情。

我想知道自己是不是依然沒有任何動搖地喜歡彩華這個朋友。

然而結果一如預期，我還是把彩華視為摯友，沒有任何改變。

「我替你弄一杯咖啡歐蕾，等我一下。這樣可以稍微提神，另外再吃點東西，多少也能果腹吧。」

「不不不，這怎麼好意思。而且我白天來的時候，妳不是說沒有咖啡歐蕾嗎？」

我以為她忘記自己家裡沒有咖啡歐蕾並這麼提醒，彩華卻搖了搖頭。

「我剛才不是說了，總覺得你今天會來啊。所以就去買回來了。」

「……感激不盡。」

「不客氣。」

我第一次看到彩華從冰箱裡拿出整瓶牛奶的模樣。但令人費解的是總覺得似曾相識。

想必是平常都受她照顧，所以才會跟這個狀況重疊在一起吧。

一下子煮熱水，一下子拿冰塊。這點程度的事情我也辦得到，但想到是彩華替我做的，讓我感到相當開心。

即使是在接下來就要聽她說起過去的狀況下，我還是不禁坦率地這麼想。

「來，請用。」

「謝謝！」

一看到跟餅乾一起拿過來的咖啡歐蕾，我的眼睛都亮了起來。透過玻璃杯可以看出牛奶跟咖啡的漸層。我最喜歡用吸管攪開的這一刻。

加了一點果糖之後，我拿起一旁的吸管在玻璃杯中一圈圈攪拌。時髦的餐盤上放著幾塊餅乾。酥脆的口感，跟帶著一點甜味的咖啡歐蕾搭配起來相當美味——

「這裡是咖啡廳嗎！」

「嚇死我了，你幹嘛突然大喊啊！」

「不是啊，我完全不知道有誰家裡可以這麼舒適。」

「是喔，那你第一次在我家體驗到了吧。很好啊。」

「感激不盡，太幸福了。」

「你真的很會破壞氣氛耶……」

彩華垂下眉毛之後，露出苦笑。

「我可以說了嗎？」

「咦？」

「國中時發生的事。你是去問過志乃原之後，才回來的吧？」

彩華放下撐著臉頰的手，直直地看著我。

我不禁挺直背脊重新坐好。

「我在高中之後的處世方式，你想必也很了解。但我直到國中為止……確實是比現在還更冷漠一些。」

這件事本身其實也不稀奇。

到了青春期，性格跟做人處世的態度會有所變，不如說是很自然的現象。」

當我不知道該怎麼回答她，彩華就繼續說了下去。

「你偶爾會說我很體貼吧。但那是因為對象是你喔。」

我搖了搖頭，開口說：

「妳對其他人也很好啊。」

「我只是看起來人很好而已。這點你應該也看得出來吧？」

「我看不出來。」

彩華確實在經歷榊下那件事之後，開始逐漸對周遭所有人笑容以對。

正如志乃原以前對她的認知，直到高二為止，真的無法想像彩華積極參加聯誼的模樣。

現在的她能給人非常善於社交的印象，全都是彩華自己努力的結果。

自從上了大學之後，她想著「總之也不會吃虧」，便跟許多人建立起人際關係。

吸取他人價值觀，拓展自己的視野。我一直在距離最近的地方看著她這樣努力的身影。

以此形成的彩華的人際關係是貨真價實的。看著「Green」的成員也能感受得到彩華有多受到大家的仰慕。所以我很尊敬彩華。

經歷跟榊下那件事之後，彩華做出「我會改變」的宣言。

下定決心要改變而且確實有所改變，像這樣心志堅強的人，在這世上究竟有多少呢？

而且就算改變了，「美濃彩華」這個本質依然保留其中，對我來說是最高興的事情。

「……如果只是用『看起來人很好』的心態，不可能受到那麼多人仰慕好嗎？這就是彩華很體貼的證據吧。」

「不過是我具備的器量，剛好接近自己刻劃出的理想罷了。」

我正想反駁時，彩華的嘴角勾起淺淺的笑。

看到那副表情，我不禁把話吞了回去。

「我喜歡現在的自己喔。應該說比較喜歡現在的自己。我之所以會這樣想——大概多虧有你吧。然而志乃原對於現在的我感到很厭惡。」

我回想起志乃原說過的話。她確實憎恨著現在的彩華。

不過，我想告訴彩華她會有這種情緒，反而是因為以前的尊敬所致。

「那傢伙——」

「我知道。志乃原喜歡以前的我，對吧？」

彩華自己果然也很明白。

只是就我所知，就看過好幾次志乃原對她很不客氣的光景。

這樣的情緒會傳達出去，或許也是理所當然的。

「但無論是誰對我說了什麼，我都回不去，也不想變回以前那樣。」

彩華用堅定的語氣這麼斷言，並嘆了一口氣。

「自從我得知你跟志乃原認識的時候，就想過事情可能總有一天會變成這樣。」

「變成怎樣？」

「現在的關係就要瓦解了。」

彩華這句話讓我倒抽了一口氣。

我沒想過現在的彩華會說出這句話。

「在你面前，我一直想表現出帥氣的一面。面對你這個願意看著真正的我的人，我卻想展現出虛偽的一面。」

「才沒這回事。」

「就是有。所以我才從來沒有跟你說過國中時的事情啊。」

彩華果斷地這麼說了之後，仰望著天花板。

一點髒汙也沒有的潔白天花板，毫無感情地俯視著彩華。

「我不希望因為別人，害得我跟你之間的關係瓦解。」

……很多事情都說得通了。

之前彩華約我去溫泉旅行的時候，或許是在想這份關係與其被他人害得瓦解，倒不如自己親手破壞。

彩華來我家的時候，引導我將志乃原留在家裡的跡象說成是父母所致，恐怕也是基於相同的思考邏輯。

「並沒有瓦解吧。」

「現在是還沒。」

她立刻做出的回答，讓我頓時語塞。

我最近也覺得確實是勉強維持在瀕臨瓦解的邊緣。

然而聽到彩華親口這麼說，也給我內心帶來了影響。

「我能做的，就只有說出你所期望的事情……這樣講感覺就像是你要我說一樣，有點語病呢。但現在是我自己想說出口。」

——就跟溫泉旅行那時一樣。

彩華想透過自己採取的行動，試探我們之間的關係會不會產生變化。

有鑑於至今的言行，對彩華來說，傾訴過去或許是最後一個，也是最大的導火線。

「……妳沒有在勉強自己？」

「沒有啦。我不就說了，是我自己想趁著這次機會再改變一次。也希望你能再次為我見證這段過程。」

人類在面對變化時，精神上應該也會感到疲憊才是。

要是能一再改變，就不用苦惱這麼多了。

「或許有些人會覺得就算跟他人共享自己的過去，也不能改變什麼。不過我相信……有些時候還是要透過共享過去，並做一次清算，才能繼續向前邁進。」

「下一次妳會怎麼改變？」

「現在還不知道。但我想更加珍惜你。」

「妳為什麼要做到這種地步呢……」

為什麼要為了我採取行動？

這是我沒有說出口的疑問。

「——難得都跟你邂逅了嘛。」

彩華這麼說著，淺淺地笑了。

她的眼神很柔和，卻讓人覺得蘊含著哀傷。高中的時候，我看過好幾次這樣的表情。

總覺得時鐘的指針也隨之靜止。

★第10話　摯友～彩華side～

這天飄散在空氣中的濕氣，沉重到甚至讓人產生重力是否改變的錯覺。

高中二年級的冬天，被榊下告白之後過了幾個月。

我身邊的狀況時時刻刻都在惡化。周遭曾經一起行動過的人，一個接著一個離我而去。

原因我心知肚明。

就在於從高一就認識的榊下。自從甩了他之後，異性朋友的表情很明顯都漸漸改變。

看就知道是想趁虛而入、不懷好意的人。還有旁觀者憐憫的視線。

這讓我打從心底覺得沉悶不已。被關進名為高中的庭園的人們。從來沒有離開過鳥籠的雛鳥們。一群烏合之眾湊在一起想也知道只會引發爭執，然而不撐過這個環境就沒辦法長大成人。

因為太想從這個一成不變的鳥籠飛出去一次，所以我沒有加入社團。但這當中或許也包含了贖罪之意。

這裡確實有著許多國中時看不到的景色，但並沒有我想像中的那份自由。

爸媽都口徑一致地說大學是個相對開放的地方。對他們來講，那似乎是人生中最美好的一段時間。兩人會開始交往的契機，也是因為念同一所大學的樣子，可能是因此才會說是最美好的時間吧。

對現在的我來說，這個不知道真實與否的一句話，就是一道渺小的希望。

「妳在這裡幹嘛啊？」

「嗯？」

我往下一看，只見羽瀨川正抬頭看著我。

我現在坐的地方是能夠眺望整片操場的高牆上。這個不為人知的好地方可以從田徑社的社團辦公室後面爬上來。

這裡相當高，就算是運動社團的人經過助跑，也不一定能夠一口氣爬上來。

而且頂多只能讓三個人坐下來的空間相當狹窄，平常這裡都不會有人來。

當我想著這些時，只見羽瀨川經過助跑就抓住高牆上方。他利用引體向上的要領，沒想到輕輕鬆鬆就在我身旁坐了下來。

「哦，很行嘛。」

「妳才厲害吧。我是靠著身高才勉強爬上來的，妳究竟是怎麼辦到的啊？」

「踢著牆壁兩段式跳躍。」

「妳是瑪利歐喔。」

羽瀨川的吐槽讓我不禁噴笑出聲。總覺得好像很久沒有笑了。

「美濃，妳運動神經很好嗎？」

「很好啊。體力測驗通常都拿A。」

「真的假的？妳是回家社吧，還是國中的時候有參加什麼社團嗎？」

我正要回答他時，卻把話吞了回去。羽瀨川沒必要知道我的過去。

「肌肉這種東西，有分成白肌跟紅肌兩種。我天生白肌的比例就比較高。白肌是快縮肌，也就是可以產生爆發力的肌肉。」

「哦？什麼意思啊？」

「簡單來說我就是天才。」

「是喔～」

雖然說得很籠統，但聽了這種回應會讓人幾乎停止思考，所以應該沒問題。

其實透過訓練好像也可能改變紅肌跟白肌的比例，但我只是想避開他的問題，再說下去也沒有意義。

於是我決定換個話題。

「羽瀨川，你為什麼會跑到這裡來？你要去參加社團活動吧。」

天空染上一片茜紅，放學之後應該已經過了幾十分鐘了。
羽瀨川想了一下才喃喃地說：「蹺掉了。」
這麼說來，我第一次跟他好好聊上話的那天放學後，羽瀨川好像也蹺掉社團了。
「你喜歡蹺課嗎？」
「不，也不是。沒為什麼啦。」
也太不會找藉口了。
羽瀨川之所以不去社團，全都是我的錯。
因為跟我一起行動的關係，才會讓羽瀨川跟其他男生之間的關係惡化。
我聽女籃社的朋友說過，有看到男籃內部起爭執。
所以我昨天才會問羽瀨川放學後要不要一起回家，並向他道歉。
但不曉得他是不是臆測到我這樣的意圖，總之被他拒絕了。
「欸，昨天真是抱歉。」
面對他突如其來的道歉，我眨了眨眼睛。
「咦？為什麼道歉？」
「就是一起回家啊。昨天我沒跟妳一起走。」
他竟然也想到同一件事，讓我內心嚇了一跳。雖然是自從高二之後才更常一起行動的朋友，或許是越來越像了吧。

我不曾對其他男生產生過同樣的心情，總覺得很新鮮。

「妳在生氣嗎？」

「我為什麼要生氣啊？」

真是可笑。就算跟現在的我走在一起，對羽瀨川也沒有任何好處。

畢竟現在感覺變成班上的中心人物——榊下在主導整個風向，很明顯地壞處反而更大。

面對即使如此還不會割捨我的人，我為什麼要生氣啊？

「就算跟我一起行動，對你來說也沒有任何好處吧。」

「不要用利弊去衡量啊。」

「咦？」

「我們是朋友吧。」

他的口吻就像在確認這一點似的。

成為高中生之後，就不再會有用言語確認「我們是朋友吧」這樣的儀式。

然而羽瀨川還是向我確認這一點。我猜不出他這麼問的意圖，但羽瀨川繼續說了下去：

「如果妳也把我當朋友，就隨時來依賴我啊。」

「不需要。」

我乾脆地這麼說。

「我之前也有說過吧？以自己為優先好嗎？」

之前我們也有過這樣的對話。

我對羽瀨川這麼建議的時候，他才剛因為室外練習跑完操場。

——以自己為優先，那是非常理所當然的事情，大多數的人下意識都會這麼做。只有你一個人抱持這樣的煩惱，不會覺得不公平嗎？

這就是我真正的真心話。同時也是我一再說給自己聽的話。

羽瀨川說話的口吻總是有些冷漠，因此很難懂，但他本質上其實很溫柔。我能切身感受到他想理解我，也想拯救我。

正因為如此，我才想在這時候拉開與他之間的距離。

「這是我自作自受。我之前也有這麼說過。而且不想再說那麼多次了。」

「我就是不懂啊。妳是哪裡自作自受了？」

羽瀨川應該是想主張我沒對榊下他們做任何事情吧。

但並非如此。

我之所以會在某種程度來說無可奈何地接受現在的處境，是因為經歷過國中那件事情。

不過我明白這個想法只是自我滿足，我也不想把羽瀨川捲入其中。

我沒有回應他，就直接從高牆上跳了下去。

上方雖然傳來「喂！」這樣的驚呼，我依然沒有搭理就朝著校舍走去。

羽瀨川感覺並沒有追上來。他說不定是一時之間不知道該怎麼下來。或是受到我那番話的影響，決定以自己的人際關係為優先，儘量不跟我扯上關係。

——那還真討厭。

這樣的想法掠過腦海，我不禁緊咬了下唇。

討厭？我並沒有資格產生這麼天真的想法。

我曾以為自己算是一個強悍的人。而且還希望自己能更加強大。

然而一旦遭人孤立，我就越來越能深刻理解「她」的心情。

曾有個因為我以自己為優先而犧牲的學妹。

當時雖然沒有多放在心上，但我只要一回想起那個記憶，就會想回到當時。

尤其到了最近，在我腦中不斷會跳出「自作自受」這四個字。

即使如此，我還是有點後悔剛才用那樣的態度對待羽瀨川。

他在我越來越孤立的狀況下，還是願意靠近我。

……那真不是對待一個想幫助自己的人該擺出的態度。

儘管那麼做也是有著我自己的意圖，但從立刻就做出那種行動來看，我搞不好還真的像謠傳中一樣「難搞」。

當我走上延續到正門的樓梯時，正好看到一個男性朋友。

一對上視線，那個男性朋友也正想朝我走來，卻被身旁的女生拉著袖子朝走廊走去，很快就不見身影。

——真尷尬。

不只那個原本是朋友的人。我自己也是。

內心只湧上感到難堪的情緒。

冰冷的風刺骨般吹拂過來。

我一邊回想著國中時的事情，並踏上歸途。

眼前看到的整排樹木上頭就連一片葉子也沒有，這同時也讓我覺得有些寂寥。

◇◆◇◆

國中那時，我擔任過籃球社的隊長。

得知明美想自願擔任之後，也讓我懷有一絲內疚，然而將隊長的職責交由最有實力的選手接任是女籃的傳統。

我覺得幸好是由我擔任隊長。

雖然對其他人沒什麼興趣，但不同於明美，我能採取以學姊來說較為穩妥的言行。

而且，我也單純覺得能率領一群人很開心。

「彩華啊，妳會不會太寵學妹了？遇到那種得意忘形的傢伙，態度就要強硬一點啊。」

明美隨意躺在社辦裡，對我這麼說。

令人難以想像這話是出自副隊長之口。這個女籃裡才沒有得意忘形的人。明美看人實在太嚴格了。

她是看著因為遠距離投籃得分而開心不已的學妹，產生了這樣的感想。

「那點程度妳就寬容一點吧。讓學妹有發展空間也是我們的工作啊。」

「妳說這是什麼鬼話啊～明明心裡又不這麼想。」

「不要說得好像妳很懂我一樣。」

我朝她瞪了一眼，明美先是沉默了一陣子，隨後才聳了聳肩。

「真是的，有彩華當隊長，學妹們還真是幸運啊。」

──我倒覺得有明美當副隊長，學妹們滿不幸的就是了。

不過，我把這句話吞了回去。

因為我跟明美之間有個不成文的規定。
那就是不讓我們兩人的鬥爭浮上檯面。
不只是在籃球社內部而已，放眼整個學年，我跟明美都是引人注目的存在。
我就讀的這所國中，有零星幾個派系團體這種幼稚的東西。在這樣的環境下，我們分別是不同小團體的中心人物。
我們要是起了爭執，就會把小團體內的其他人捲進來。
如此一來在籃球比賽中也就難以相互協助，因此我們如果起爭執，對彼此來說都只有負面影響。
「說不定下星期之後，就不會再跟妳講到這些事了。」
聽明美這麼說，我搖了搖頭。
「我並沒有打算下星期就離開社團。我們還要打進全國呢。」
「……也是呢，是我有點退縮了。」
我們唯一的共通點，就是認真以全國大賽為目標。
所以儘管對彼此多多少少有所不滿，也都能視而不見。
如果是我受到攻擊，大概就沒辦法這麼悠哉地思考這些了，但就現階段來說，我們維持在絕妙的平衡中。

「距離最後一場比賽還很久喔。」

「……嗯。」

「……？」

她不像平常那樣有精神。而且還有一股負面情緒難以言喻地傳達出來。

明美好像難得陷入消沉的樣子。

她剛才會說那種沒道理的話，說不定也只是在找個發洩壓力的藉口而已。

「怎麼了嗎？」

「不，沒事。」

「……我好歹也跟妳相處兩年了。看得出來好嗎？」

我這麼說了之後，明美淺淺嘆了一口氣。

「彩華應該不懂吧。」

「才沒有這回事……應該吧。」

基本上大多問題我都能給出回答。

但我之所以最後說得有點退縮，是因為我知道明美被甩了。

如果她要商量跟戀愛相關的事情，我能給出好的回答的可能性很低。

明美朝我看了過來。

她那雙細長的眼睛，對一些人來說應該會感到有點害怕。但我知道她的雙眼之中，偶爾會寄宿著哀傷的神色。

「儘管說起來很籠統，但有個我贏不了的人。就算我拚盡全力，也絕對贏不過對方。」

「是喔。」

我不知道她是指哪個方面，所以也只能給出這樣的回應。

但我總覺得應該是跟戀愛有關的話題吧。

「如果是彩華，妳會怎麼做？」

「我？」

她突然把話題拋過來，讓我感到有些困惑。

然而明美的眼神相當認真，我便伸手抵著下巴。

「妳的意思是，想在自己希望奪勝的領域贏過對方是吧？」

聽我這麼問，明美沉默地點點頭。

「既然如此，也就只能努力了呢。比起任何事情都更專注於提高自己的能力，至於其他東西則是能捨棄就捨棄。」

「要捨棄啊？」

明美露出感到意外的表情。

「嗯。如果想升上好的高中，那就為了專注念書而放棄玩樂。如果籃球想打進全國大賽，那就為了專注練習而放棄玩樂。」

「結果全都是放棄玩樂嘛。」

聽明美這麼說，我便露出苦笑。

「畢竟能捨棄的東西頂多也只有這個吧。」

「……但是照妳這麼說，我們就得為了籃球，連朋友都要捨棄了呢。尤其六日都還要練習。」

「嗯……嗯，確實沒錯。就某方面來說，我也捨棄了六日要出去玩的朋友呢。」

平常不只晨練，放學後還要練習，就連六日也是。即使到了寒暑假，籃球社也幾乎沒有休息。

因此明美這麼說沒錯。

「人際關係應該也是能捨棄的要素之一吧。雖然這樣講起來是有點極端。」

「為了奪勝就必須捨棄某個東西啊。既然彩華是這麼做，那我也得向妳學習才行呢。」

「妳跟我的條件一樣吧。我們都在同一個社團啊。」

「這個條件只要想改，也是能改。」

明美語氣平靜地這麼說完，就坐了起來。

「謝謝。總覺得暢快多了。」

「幹嘛這麼客氣啊？」

「能認識彩華真是太好了。」

我不禁眨了眨眼。

明美個性好強，往後應該很難繼續跟她當朋友。即使如此，只要我們之間有著大型目標這個共通點，說不定總有一天也能互相理解。

「這種話等打進全國再說吧。」

「預防萬一嘛。」

明美留下這句話，就離開了社辦。

即使在離開籃球社之後，說不定也能跟她好好相處。

——在最後一場比賽之前，我還樂觀地這麼想著。

縣大賽第二場比賽。

對方是以低年級選手擔任王牌的強校隊伍。大概會是一場比數很接近的比賽，但我們只要拿出平常的實力，想贏下這場比賽應該不難。

我們一如預期一路領先對手，然而分數差距卻一點一點被對方縮短。

原因在於明美的狀況不太好。即使她能在單挑的時候突破對方防守，最重要的投籃卻無法得分。遠距離投籃也幾乎是打到籃框彈開。

尤其現在第三節更是糟糕，特別警戒我們兩個的敵隊防守，甚至只放寬對明美的防範，相對地，總是讓我陷入一比二的局面。

至今也是有同時被兩個人防守的經驗，但大概是有對我做過一番解析，讓我怎麼樣也甩不開防守。

按捺不住的教練，這時用掉了最後一次暫停。

結束第三節回到板凳區之後，我看著隊友的表情。友梨奈也有注意到明美的狀況不好，但她沒有特別說什麼。

「明美。」

我叫住氣喘吁吁的她。

打籃球要在體育館的球場上來回奔馳，是一種會消耗很多體力的運動。即使如此，以她消耗的狀況看來，很難改變現在這個對我們隊伍來說不好的局面。

「妳去換志乃原同學上場。」

「……啊？」

聽我站在隊長立場做出的指示，明美不禁皺起眉間。

這是我第一次要換她下場，因此她似乎感到難以置信。

「換人。現在的明美恐怕會讓這場比賽輸掉。」

教練是個怯懦到難以想像是運動社團顧問的人，而且即使是同年的隊友，也控制不了明美這個人。

既然只有我能說，要是不說得直白一點，明美大概不會聽進去。

我之所以指名志乃原同學跟她交換，是因為她是明美自己推薦的第六人。

在我看來，其實志乃原同學的實力還不足，但她既然還保有體力，應該能表現得比現在的明美還好。

「志乃原同學。」

我這麼指名之後，學妹一臉緊張地回應我：「是！」

「妳跟明美——」

「等等。」

在明美的制止下，我暫時嚥下幾乎要說出口的話。

每節休息時間只有兩分鐘而已。現在已經所剩不多。

無論明美接下來要說什麼，我都沒有時間猶疑了。

「現在確實讓志乃原上場會比較好，但萌比我還要累。讓她跟萌交換，勝率或許還比較高。」

「嗡——」的一聲，宣告比賽重新開始的蜂鳴響起。

我只剩下幾秒鐘的時間能做出判斷。

萌看起來體力消耗的程度確實跟明美差不多。即使如此我還是想換掉明美，是因為只要狀況不好的她待在球場上，隊友們的氣氛一定就會跟著變得沉重。

然而這會直接成為比賽勝敗關鍵的可能性很低。確實有著疑慮，但萌如果自己想換下場，也沒有足以拒絕她的說服力。

「我滿想下場的。」

怯懦的萌，似乎因為明美這麼說而退讓。

我也只能死心地點點頭。

「……好吧，那萌換志乃原同學上場。另外，友梨奈跟志乃原同學在球場內的配置對調，改變防守對象。我會把志乃原同學安排在習慣的位置，總之積極展開快攻。友梨奈去阻擋防守明美的選手，替明美清出一個空間。」

一口氣做完指示，我便鼓舞地喊著：「上吧！」

目前領先四分。敵隊選手若要展開追擊，這點差距根本微乎其微。

但現在這支隊伍肯定處於最糟糕的狀態。既然只能自此攻上去，要再次拉開比分差距奪下勝利，並不困難。

志乃原同學雖然緊張，還是帶著奮起的神情踏入球場。

「還真是可靠呢。」

明美這麼低喃之後，就跟在志乃原同學的身後而去。

總覺得她的語氣中蘊含晦暗的情感，讓我有些在意。

說不定在剛才那段暫停時間當中，還有其他我應該能做到的事。

不如說，總覺得自己錯過了應該要做點其他處置才行的狀況，而感到掛心。

——當志乃原同學投出去的最後一球沒有得分時，我確信這樣的預感其實是對的。

狀況不好的明美，一直積極地把球傳給志乃原同學。

志乃原同學也很努力地想去達成自己的職責，卻因為實力不足，再加上明美傳球的精準度有問題，以至於完全無法縮短被逆轉的比分。

明美的表現隨著時間越來越惡化。

到了最後幾分鐘，甚至一再擺出已經不想去管勝負的樣子，志乃原同學的身體也始終顯得僵硬。

我自己也是被兩個人緊緊防守著，因此不完全只是明美跟志乃原同學的責任，但她們都很明顯沒有發揮出一如往常的實力。

宣示比賽結束的蜂鳴響起，我走向球場列隊。

即使輸了也完全哭不出來。

我當然覺得打擊很大。但難以置信的心情更勝一切，內心遲遲沒有湧上真實感。

而且現在與其沉浸於敗北的悔恨，我腦中還得分出思考去想今天要怎麼善後。

沒想到竟然會在這個地方就輸了，我完全還沒想最後的招呼要說些什麼才好。

……也只能一邊說一邊想了。

就先對於自己沒有達成自從加入社團以來，掛在嘴邊的大型目標說點什麼好了。我不禁覺得在其他隊友眼眶泛淚的狀況下，還能這樣冷靜思考的自己有些可怕。

無意間，我跟志乃原同學對上眼了。

她的視線感覺就像在對我傾訴些什麼似的。

——喔，原來是這樣啊。

我有聽說甩掉明美的宮城，跑去向志乃原同學告白。
原來明美之前說贏不了的人，是指志乃原同學啊。
我確實對她說過既然要贏，就得捨棄一些東西。
但還真沒想到她會把私人恩怨帶進比賽裡呢。
……志乃原同學也真可憐。
我的感想就僅止於此。
儘管察覺明美的愚蠢行徑，我也不想去跟她確認這件事情。
就算這是事實，也無法逆轉隊伍已經敗北的結果。
與其給即將離開社團的隊友們帶來更大的打擊，我比較想讓這件事情就此沉寂。
我跟志乃原同學也沒有特別親近。她只是偶爾會來找我閒聊的學妹。
對我來說，與其去回應一介學妹的視線，其他多數社員還來得更重要。
我們這些將就此離開社團的三年級生。當中有無法出場比賽，甚至沒被選進替補球員的人。
我無法回報這些人……因為我沒能阻止明美，敗就敗在這個地方。
但我現在想將這份心情藏在心底，只對大家傳達出感謝。
這或許只是自我滿足，但我想以自己這樣的想法為優先。

我移開對上志乃原同學的視線，並去向每一位社員打招呼。
觀眾席上還坐著沒被選進替補球員的隊友們。
今天就是最後一場比賽了。
我總算湧上這樣的真實感，也不禁咬緊下唇。
到頭來，我也沒能逃開對方的防守。
明美這場確實打得不好，但敗北的原因絕對不僅如此。
大家幾乎都哭了。
即使是秉持實力主義的社團，也是有著人情。一邊覺得能打造出這樣的隊伍讓我感到很開心，我最後也站到明美面前。
沒有任何人陪在明美的身邊。
竟然沒有一個人來到副隊長身邊相伴，也是一幅異樣的光景。
「一直以來也謝謝妳了。」
「……妳為什麼不對我生氣啊？」
「大概是因為這樣就結束了吧。」
「哈哈，妳還不懂啊。」
明美帶著自嘲地笑了。

「……妳個性很差勁耶。」

我無視明美的話，接著就去向顧問老師打招呼了。

在我腦中一邊回應著：「妳才沒資格這樣講。」

志乃原同學的事情，已經完全被我拋諸腦後了。

◇◆

「彩華。」

「嗯？」

離開籃球社之後，過了一陣子的某一天，友梨奈在走廊上叫住我。

西野友梨奈在離開社團前是背號六號的先發選手。她同時也是我的同班同學，跟我最為親近。

「妳聽說籃球社的事了嗎？」

「妳說志乃原同學退出社團的事情嗎？」

「對啊，就是那件事。是彩華任命真由擔任隊長的吧。妳知道些什麼嗎？」

「我不知道耶。」

說真的，我不怎麼感興趣。

現在是國三這年的九月。

正值越來越接近高中考試的焦躁感，滲透了整個學年的時期。

我也要對於至今從早到晚都在打籃球這件事付出代價，心情上並沒有很從容。

想念的學校其實在我的學力範圍之內，因此心情或許是受到整個學年的氣氛影響吧。

要是之前沒有按部就班地念書，現在想必會更加焦躁。

友梨奈應該也跟我一樣，不過個性溫柔體貼的她，似乎還留有顧及周遭的餘裕。

「我想去找真由問問狀況。」

「是喔。妳可別太投入了喔。」

這麼回應之後，友梨奈便捏住我的臉頰。

我不禁發出「呼嘎！」的聲音。能跟我有這般肢體接觸的人，就只有友梨奈而已。

「妳怎麼這樣說呀。現在有在傳跟真由有關的奇怪謠言。彩華應該知道放出謠言的人是誰吧？」

「我、我怎麼知道啊。我對學妹的麻煩事又不感興趣。」

「妳怎麼可以這麼說呢！」

友梨奈氣得哼了一聲。

這說法確實有點冷淡，但我是真的不感興趣。如果我現在還在社團擔任隊長，當然會做一些適當的處理。

但既然都成為考生了，還要將時間跟體力消耗在那些對自己沒有影響的麻煩事上，會讓我感到很痛苦。

如果這個惡意的謠傳是針對友梨奈，那當然就另當別論了。

我恐怕會大發雷霆，並使盡各種手段來保護她。

也肯定會猛力抨擊那個始作俑者，絕對要矯正到對方再也不敢做出一樣的事。

但若要問我會不會對單純只是同一個社團的學妹採取相同的行動，答案就是否定的。

我所採取的行動不分好壞都伴隨著風險。

再加上現在還是校內評價顯得很重要的時期，對象是友梨奈跟一介學妹的差異，對我來說看法就會完全相反。

「不然先去看看她的狀況就好了。然後再想想看吧？」

「真是的，妳這個濫好人。」

「妳之前才說就是喜歡這樣的我啊。」

友梨奈似乎已經預見我接下來的回答了。我並不會因為被她看透而感到不開心，不如說這讓我覺得有點高興。

——不過，算了。

我不記得友梨奈以前有對一件事堅持到這個地步。既然她意志如此堅定，我這個朋友或許可以成為她的助力。

「……好啦，畢竟友梨奈都這樣拜託了，我就幫這個忙吧。」

「真的？不愧是彩華！不管怎麼說，妳最後還是會陪我的嘛！」

我才想逃離正要抱過來的友梨奈，結果還是被她逮個正著。

平常都只會抱個幾秒而已，我也乖乖地任她處置。

但總覺得就只有今天持續特別久，於是我扭過脖子。

「欸，友梨奈，很難受耶。」

「對不起嘛，再抱一下就好。」

「……真拿妳沒轍。」

我輕輕拍了拍友梨奈的頭。

雖然我們國一就認識了，但就算長大成人，我跟她的友情也會持續下去吧。

友梨奈具備我所欠缺的東西。雖然我也不知道那具體來說究竟是什麼，但我總覺得當自己對此產生自覺時，也會有所成長。

「——長大成人之後，也要請妳多指教喔。」

我這麼說完，友梨奈也抽離我身邊。

「那當然！」

她的笑容一如往常。

但她的表情接著就變得有些僵硬，先是說了「那個呀」才忸忸怩怩地講下去。

「……所以說，可以請妳今天就去看看真由的狀況嗎？」

「我這就要去了嘛。友梨奈都這樣拜託了，我也會在能力範圍內盡可能幫忙。」

聽了我的回應，友梨奈便笑彎了眼，點了點頭。

下樓來到整排都是二年級生教室的走廊上時，就能感受到瀰漫著跟三年級完全不同的氣氛。

我跟友梨奈走著走著，就覺得有各式各樣的視線朝我們身上投來。一看校內拖鞋的顏色就能知道我們是三年級的學生，或許是太突兀了。

「啊！」

友梨奈輕呼了一聲，我便朝著她所看的方向望去。

只見志乃原同學正在跟一群女生閒聊。

什麼嘛，看起來很正常啊。

當我正想這麼說的時候，就有種不太對勁的感覺。

志乃原同學的表情看起來好像有些疲憊。

換作是他人，或許不會發現這樣的變化。但我身為隊長，這一年多來都關注著她。一想到是我最後裝作沒注意到她的視線，而讓她露出那樣的神情，罪惡感就刺痛著我的心。

志乃原同學是難得會積極來找我聊天的學妹。

根據友梨奈的說法，我好像會散發出難以親近的氣場，其他學妹都覺得很難來找我攀談的樣子。

聽她這麼說過之後，我就會特別留意要主動向學妹搭話，但直到最後，關係有好到會閒聊的也就只有志乃原同學而已。

在我的印象中，她是個有時會散發出異樣氛圍的學妹。

「妳看過之後，什麼想法都沒有嗎？」

回到三年級教室這邊的走廊之後，友梨奈一開口就這麼問我。

我很想掩飾內心的罪惡感，但還是坦率地承認了。

「有……應該是明美吧。」

我阻止不了明美。

當時我沒想到直到我們都離開社團了，這件事卻還沒止息。

在某方面來說，是我害志乃原同學流露出那種表情。

友梨奈短暫地低下頭，語氣平靜地說：

「結果，我還是很怯懦。就算我有所行動，一定也無能為力……但或許正因為我的思考模式就是這樣，才會無能為力就是了。」

「才沒這回事。是友梨奈採取了行動，所以我才會有這股動力。」

聽我這麼說，友梨奈眨了眨眼之後，開心地露出滿臉笑容。

「謝謝。彩華，妳果然很溫柔。」

「我才不溫柔。我只會對朋友好而已。」

「朋友啊。那妳一開始覺得不太想插手，是因為真由不是妳的朋友嗎？」

「直接說出口感覺就會惹到人……但差不多是這樣吧。」

「那我來幫妳想個理由。」

「什麼嘛。」

我笑了笑，友梨奈滿不在乎地繼續說了下去：

「彩華能夠比較容易率領學妹們，說不定是因為有真由在的關係。因為低年級生之間的中心人物仰慕彩華，大家才會跟著喜歡彩華。」

「也就是要我償還這一筆人情就對了……好啦。」

「嗯。照彩華的個性看來，不會就這麼欠著一筆人情不管，而且這到頭來也算是為了妳好。」

償還志乃原同學的人情。這不過是驅使我理性行動的要素之一。

但既然本能上已經接受這是來自友梨奈的請求，這一個要素就很重要。

我也覺得自己的個性有夠麻煩，並在內心不禁苦笑。

「欸，我可以趁現在問一下嗎？彩華妳啊，其實朋友很少吧？」

「我也是會受傷的耶。」

「啊！不是啦，抱歉，我不是那個意思。我只是想說，彩華自己認同是朋友的人，應該不多吧……啊哈哈，畢竟有段時間我也會想是不是自己一廂情願嘛。」

這番話確實讓我露出苦笑。

我第一次跟友梨奈搭話時，她會做出「為什麼會跟我這種人講話？」這種卑微的回應，也是因為我的關係。

我不確定她本人記不記得，但我是以那次為契機，之後才特別留意在跟其他人互動時不要擺出太難相處的態度。

多虧如此，也形成了我最低限度的人際關係。我是覺得受人期待的頻率因此跟著提高，但能跟更多人說話，還是讓我感到很開心。

「友梨奈，別用『我認同是朋友』這種說法嘛。不要擅自把我捧高。我一個人時也是會寂寞的。」

「是嗎？我還以為即使彩華想要有能聊天的對象，對交朋友本身好像沒什麼興趣。」

是有點被她說中，但也有不盡然的部分。

「我只是不像友梨奈可以交到好朋友而已。如果只論聽人說話，我或許算是擅長傾聽，但光是這樣好像還不夠。」

能夠好好去聽人傾訴，對方就會對自己敞開心胸。

但要是不說說關於自己的事情，自己就會無法敞開胸懷。我知道就是這樣的差異造成結交朋友的隔閡。然而我卻沒有足夠的動力去突破這道隔閡。

「妳也不用想得那麼困難……」

「對我來說就是很難啊。當然，我也是想跟人交朋友啦。」

……趁勢就不禁說出了真心話。

即使我跟友梨奈在校園生活中共度了很長的時間，至今還是完全沒機會能像這樣好好聊聊彼此的價值觀。

但眼前的友梨奈流露出開心的表情，看樣子剛才這麼說似乎是個很好的選擇。

「這樣啊。彩華也想要多交點朋友是吧。」

「要說是朋友嗎？這個嘛。我是覺得如果身邊有像友梨奈這麼好的人，校園生活應該會比現在還更開心吧。」

發現自己這麼說完也會感到害臊，讓我感到有點驚訝。

我總是會不禁就站在達觀的立場眺望自己四周。

說好聽一點是達觀，但對身邊的事情都無法感同身受，或許是因為自己的心有些缺陷。

總覺得只要跟友梨奈在一起，那個部分就能得到補足。更能讓我覺得國中生活也是滿開心的。

友梨奈淺淺笑了笑，並對我直直豎起食指。

「那我可以給妳一點意見嗎？這是我送給妳的第一個，也是最後一個意見！」

敗給她的氣勢，我不禁挺直了背脊。

「請說，友梨奈老師。」

我開玩笑地這麼說，友梨奈儘管紅著臉，還是鏗鏘有力地說：

「要隨時懷著顧慮對方的心意。只是這麼做，就能交到更多好朋友了。」

「顧慮？」

「沒錯，要顧慮。並不是做表面工夫而已，而是要打從心底體貼對方。彩華很強——不是指籃球技巧什麼的，而是一個很強韌的人。」

見到友梨奈露出前所未見的認真表情，我便閉上了嘴。

我覺得要更認真地聽聽她所說的話。

「我很喜歡妳本質絕不動搖的一面。也真的由衷憧憬這一點。但那份本質若是可以放在更溫柔一點的地方，一定會有所改變。」

「不是正因為不容易改變，才叫『本質』嗎？」

「嗯，我也是這麼想。對彩華來說，沒有益處就很難採取行動對吧？」

聽她說出這麼懂我的一句話，我也淺淺笑了笑。

知己提出的建言，還是坦率地接受吧。

對我來說，友梨奈是絕對不可欠缺的存在。

「只要彩華自己變得體貼一點，一定會遇到更好的人。」

「真的嗎？」

「真的啊。不都說物以類聚。」

「但這句諺語不常用來形容正面的意思耶。」

我這麼一講，友梨奈就笑著說：「搞不好我也是。」

「不過，這是真的。並不是一開始就遇見個性溫柔體貼的人，而是自己的溫柔體貼傳染給對方。因此，對方也才會回以溫柔體貼。如此一來，妳想，周遭的好人不就增加了？」

友梨奈仰望天花板，像在歌唱似的緩緩道來。

「這句話我也是從爸爸口中聽來的。原本還覺得半信半疑，不過到了現在，我就相信確實如此。」

「為什麼？」

「因為有彩華在我身邊啊。」

看見那道柔和的笑容，我將幾乎脫口的話又吞了回去。

「彩華從國一的時候開始，就是領袖級的人嘛。個性成熟、長相漂亮、成績優秀，籃球還打得很好。我想大家一定都覺得這種人竟然跟自己同年，簡直難以置信。」

「我才沒有那麼——」

「彩華一開始讓人覺得還滿可怕的。妳的眼神就像對周遭的任何人都不抱期待。我想，一定沒有人能跨過妳下意識設下的門檻吧。」

這讓我回想起小時候。

那時我已經疲於期待他人。已經疲於對他人的結果感同身受，逕自覺得這樣太可惜了。換作是我，一定能做得更好——當我發現這樣的想法就是傲慢時，便判斷「關切周遭所帶來的壞處實在太多了」。

自從放棄期待他人之後，讓我心情上變得輕鬆許多。

凡事只要用綜觀的視角去看，基本上發生的事情都不足以撼動自己的情感。但是，試著去改變這樣的思考或許也不錯。是友梨奈賦予我的心這一股熱情。

如果這樣的人就叫作朋友，那我會覺得每當總數增加時，我也能感到幸福。

「想改變自己周遭的人，首先自己就得有所改變。」

友梨奈輕輕摸著我的頭髮。

我不太喜歡別人觸碰我的頭髮，但我並不想甩開友梨奈的手。

……嗯。就試著多結交一些朋友吧。

「就算聽我這樣講，或許也沒什麼說服力……但彩華如果遇見在對方面前能自然流露出自己本質那一面的人，我想那個人一定總是努力想了解彩華，而且會成為只要是為了彩華就能不惜犧牲自我的人。」

「什麼啊，那應該超出朋友的範疇了吧。」

雖然這也是端看每個人對朋友的定義為何，但對我來說已經是另一回事了。

我剛才覺得如果是友梨奈，即使會伴隨風險也要幫助她，因此她對我來說，說不定也是另一個範疇的存在了。

友梨奈沉默地思考了一陣子之後，便開口說：

「嗯。那大概就是摯友吧。」

……摯友啊。聽起來真是不錯。

我至今這段人生當中，還沒結交過足以稱作摯友的人。

我甚至懷疑願意接受自己一切的人真的存在嗎？

確實是有單方面對我抱持期待的人，但如此一來，我就不覺得能跟對方變得親近了。

但說出摯友這個詞的友梨奈本身，難道不算是摯友嗎？

我認為友梨奈是在我認識的朋友之中，最接近那個特別範疇的人。

我這麼一問，友梨奈卻面帶悲傷地搖了搖頭。

「我沒辦成為妳的摯友。因為……」

雖然越說越小聲，友梨奈還是繼續把話說到最後。

「所謂摯友，是能為了對方犧牲自己的關係嘛。但我沒有那種勇氣。」

我總覺得友梨奈今天跟平常不太一樣。

這並不是不好的意思，反而比較偏向好的那方面。

今天的友梨奈，看起來比平常更加坦白自己的想法。

不過想歸想，這也只是我的直覺，並沒有任何根據。

我換個想法決定下次再問她就好，於是開口說：

「……總之，我們就先做些我們能做到的事吧。」

按照友梨奈的說法，幫助志乃原同學這件事，最後也會變成是為了自己。

我至今都是以自己為優先。

因此接下來要採取的行動，在本質上也沒有改變。

而且我多少也對志乃原同學產生了一點罪惡感。一想到這是身為人會有的正當情感，我總覺得鬆了一口氣。但與此同時，我直到現在也還對於最後一場比賽結束之後所做的選擇，感到了後悔。

當我的個性變成可以認真為他人著想的時候，想必更是會懊悔不已吧。

在那之後，我為了消除謠言，而縝密地改善了每一個社團學妹對這件事情的認知。

我跟低年級生的中心人物，以及與她關係較密切的同年級生有所接觸。盡可能透過只和最少人接觸，帶來最大的效果。

我們採取的行動要是很快就被明美察覺，那就沒有意義了。必須等到一切都結束之後，我再直接去跟明美問個清楚。

在那之後的幾個星期當中，我們靜靜等待狀況有所改變。

當友梨奈確認過那個謠言已經消失，我便去和明美對峙。

要是她這樣還不肯聽勸，那事情可能會變得更加麻煩，不過明美也考慮到要準備大考，於是乖乖收手了。

圍繞在志乃原同學身邊的狀況，至此就告一段落。

——不久後，友梨奈就轉學了。

她完全沒有對我透露出這樣的跡象。

……不，不對。

只是我沒注意到而已。我沒有去察覺友梨奈的改變。

我確實覺得友梨奈跟平常不太一樣，但終究還是沒有實際採取行動。

友梨奈說努力想理解自己的人就叫摯友。

友梨奈之所以不把我稱作摯友，說不定是在暗示我並沒有努力理解她。

「……但我們是朋友啊。」

毫無疑問地，我們是朋友。

只在這個框架內，是不是還不夠呢？

我能聯絡上友梨奈的方式就只有手機郵件而已。但既然事先都沒有感受到任何前兆，我也會顧慮很多而遲遲無法主動聯絡她。

——原來一廂情願的心意，是這麼可怕啊。

我想必讓很多人感受到這樣的心情。

友梨奈最後是想讓我明白這件事嗎？

當我發現自己眼眶泛淚時，不禁嚇了一跳。

我從來沒有像這樣這麼想哭過。原來朋友離開自己，是這麼令人悲傷。能懷有這樣的情感，想必是一件幸福的事。

然而察覺自己的一廂情願，又是這麼令人哀傷。

……下次要是再有足以稱作摯友的人出現……

我就努力去理解那個人吧。

那時的我即使感受到有些不對勁，卻還是什麼都沒問出口。我不想再重蹈覆轍了。我當時如果可以說點什麼，應該就會有不一樣的結果了。

說不定總有一天會出現的，我還沒遇見的摯友。

如果可以建立起透過表情就能知道對方在想什麼的關係，那正可說是理想吧。

我想好好珍惜友梨奈給我的價值觀。

但我並不打算完全照著友梨奈所說的去做就是了。

——妳就在遠方看著吧。

友梨奈離開之後，相對地，我會只著重於努力去遇見一個好人。

最後一場比賽時沒能流下來的淚水，自眼眶滿溢而出。

◇◆

走出高中之後，究竟過多久了？

照這個步調看來，還要好一段時間才能回到家。無視羽瀨川制止的這雙腳，感覺比平常還更沉重。

就在距離我幾公尺前方的地面上，片片變色成深褐色的枯葉隨風飛舞。

過去那些枯葉應該也都是閃耀著水嫩的綠色光輝。

——回想完國中時的事情，我揚起了自嘲的笑。

比起志乃原，更以自己為優先的我，一時捨棄了她。

但在所有事情都結束，我偶爾在校內遇見志乃原時，卻感受不到她對我的怨恨。

我想，志乃原應該還是喜歡我的吧。

……我完全不知道原因是什麼，但她看著我的眼神不知為何總是閃閃發亮的樣子。我不只一兩次對那雙充斥著希望與期待的神情感到困惑。

我很常受到他人的期待，但總覺得志乃原眼神深處的情感跟其他人不太一樣。

簡直就像要把她整個人生交付給我一樣，讓我覺得有些詭異。

但在最後那場比賽上，我將這些推測全都捨棄了。

只要離開社團，我跟志乃原就沒關係了。

曾經是社團學妹的這個分類，在過去的我心中的順位絕對稱不上優先。

……友梨奈說得對，我對其他人太冷淡了。

當友梨奈轉學，我開始感受到孤獨時，才總算能理解志乃原心中部分的痛。而被榊下孤立，現在的我更加能夠感同身受，於是就能這麼想了。

話雖如此，我知道事到如今也無法挽回。

多虧了友梨奈，讓我多少做了點補償，但還是遠遠不足。

——就在這時，手機響了。

是接收到手機郵件的通知聲。

『美濃，最近過得好嗎？』

「……………榊下。」

很久沒收到他傳來的郵件，讓我皺起眉間。

……對了。

我的頭隱隱作痛。

我想說服自己這是我自作自受，是我捨棄志乃原的報應，並以此接受這個狀況。

至今從來沒有四周都被敵人環繞的經驗，因此而削減了我的氣力也是事實。

但我回想起來了。

我不能這麼固執。

為了回報她，我就必須捨棄「自己」。

我得一個人對抗這個處境才行。

這想必才是她心目中的「美濃彩華」。
迎面挑戰榊下，肯定才是她所描繪出的我的人格。
自從被榊下陷害之後，我不想把其他女生都捲進來，所以才沒有刻意反抗他。我本來認為像這樣坦然面對無法反抗強者的心情，算是我對國中時期的一種贖罪。
但換作是國中時的我，一定不會去想這些事情。
這跟明美之間的冷戰不一樣。既然我自己陷入受人攻擊的狀況之中，一定就算有所犧牲，也會不惜做出反擊。
比起周遭的人或是其他事情，最該擺在優先順序的對象是自己。
這樣的本質至今也沒有改變。
當我想著這些時，總能感覺到一股黑色的情感在我內心漸漸盤旋起來。
如果是我，也是可以反過來陷害想以不合理原因孤立我的榊下。
……………即使多少會有所犧牲也在所不惜。
最糟糕的選項在腦海中浮現，我便打開了手機。
只要趁著這股氣勢達成目的，立場就會反轉了。我一瞬間就做好了盤算。搞不好我在這種持續受到孤立的狀況之中，其實下意識一直在構思對抗的策略。

這樣的行為將踐踏榊下的尊嚴。

但我暗忖著這也無所謂，並勾起扭曲的笑。

我並沒有體貼到還能去顧慮現在正在攻擊自己的人。

就算人類具備理性，但身為一介生物，理所當然會得出要排除讓自己身陷危機的存在這個結論。

……這究竟能不能算是對志乃原的贖罪，這份猶疑已經快從腦袋裡消失了。結果我只是拿著贖罪這個詞當盾牌而已，我的個性本來就這麼難搞。

短短的一個瞬間，友梨奈的表情掠過腦海中。

「……抱歉了。」

我還是沒辦法成為一個溫柔體貼的人。

我自認比起國中的時候，個性已經圓滑許多。雖然是刻意這麼改變的，沒想到還滿得心應手的，也很開心。

而且，朋友確實比國中時增加了很多。

然而我去顧慮他人的結果，就是讓男生們產生沒必要的期待，反而讓自己遭到孤立。
友梨奈跟我都不期望看到這樣的結果。
我期望的是結交到像友梨奈這樣推心置腹的朋友。以及超越這個關係的摯友。
既然願望沒能實現，那要回到國中時的「我」也沒關係吧。
不，我反而該恢復才對。

——隨時來依賴我啊。

我睜大了雙眼。

……羽瀨川。

時間靜止了。
羽瀨川剛才的表情及聲音都在腦內迴響著。
那傢伙都被我捲進這種事情了……還硬是要來靠近我。

我就是不想再害他牽涉其中，才會避開他的。

比起自己，更重視我。

說不定那傢伙就是我的——

「……算了。」

我將手機關機，並嘆了一口氣。

差點就要笑出來了。

我究竟是怎麼了啊？

……友梨奈。沒想到會是個異性成為「那個」呢。

仔細想想，我總是能敏銳地看出那傢伙的變化。

為防發生什麼事的時候可以察覺到，我平常就會下意識地觀察他的表情。

對志乃原的罪惡感依然在我心中盤旋，但與其為了不知道未來還會不會重逢的人做這些自我滿足的贖罪，還不如把心思放在此時近在眼前的人身上。我想回報願意坐到我身邊的那傢伙。

「我要捨棄『自己』。」

化作言語低喃之後，總覺得一直支撐在內心深處的東西，好像變得輕盈許多。

我再次將手機開機，並看著那畫面。

對著榊下傳來的郵件，我如此回應：

『好久不見！真高興收到你的訊息。我很好喔！』

一邊打著這些內容，都覺得有夠不像自己。

但是，這樣就好了。

與其給那傢伙添麻煩，還不如就這樣。

欸，羽瀨川。

如果我說想跟你當摯友，你會笑我嗎？

如果我們可以成為摯友——我會好好保護你的。

不知不覺間停下腳步的我，再次向前邁進。

眼前是整排葉子全掉光的樹木。

但我知道。

只要到了春天，這些樹上都會綻放滿滿的櫻花。

我知道這樣的未來。

第11話　現在的我能做到的事

指針前進的聲音，控制了整個有著一房一廳一廚的空間。

彼此陷入沉默之後，已經過了幾分鐘的時間。

聽彩華說完，我暫時沉默了一段時間。彩華在那之後也都沒有說出任何話。

她大概是想等著我做出一些結論吧。

她跟志乃原之間的事情，讓我感到有點驚訝。整件事跟志乃原對我說的有一致性，但可以說是兩人的想法有所差異才會產生這樣的結果。

彩華確實有錯。如果是就我所知的高中的她，即使不會去做那些需要耗費許多勞力的事情，也具備會當場採取一些行動的人情味。

然而那是經歷國中時期的自省並成長的結果，過去的彩華確實有著無情的一面。人就是會這樣自省過去，一步步成長，並志於成為一個強悍的大人。實際上彩華就是經歷了國中時期才有所成長，要再深思下去也沒什麼意義。

……如果我只是一個看著這件事的局外人，大概就會這樣做個了結。

大家表面上應該都會說視而不見也是同罪吧。這是對的，而且表面上我也會這麼說。

但一次都沒有視而不見的人應該占少數吧。

先不論她們國中時的那件事，凡事也並非在任何狀況下選擇默認就是不好。

如果只是為了保護自己而默默把事情放在心裡，就不能去責怪對方做出這樣的判斷。為了自我防衛，人類有時還是會做出無情的決定。青春期的時候，這一點又格外顯著。

雖然是認識的人，但只是因為沒去仲裁不熟的人之間發生的麻煩事，就要受到懲罰的話，我甚至覺得有點過分。

都不認識這些當事人的話，我應該會在做出這樣的結論之後就不再思考了。

我並沒有親眼目睹那個現場。也無從得知當時的她們臉上流露什麼樣的表情，所以幾乎沒有我現在能做的事。

沒錯，「幾乎」沒有，但並非完全沒有。

高中時，彩華認為沒有必要刻意說，因此沒有跟我提起她的過去。

我站在彩華的立場，或許也會做出相同的選擇。

會想在一個完全改變的環境下清算過去，並以全新又光彩的自己重新開始，是一種很自然的情感。

彩華是選擇面對了這樣的情感，才會跟我說。

正因為如此，我也該給出回應才行。

「欸。」

我對她喊了一聲，彩華便抬起頭來。

她的表情——出乎意料地一如往常。

眼神雖然有些消沉，但並沒有出現劇烈的變化。

「上次一起去學校的途中，妳有對我說過一般來說都會以自己為優先對吧。」

就是我們約在車站前，並打下一道落雷的那天。

那時我並沒有特別放在心上，但仔細想想彩華偶爾就會說出這種話。總覺得在面對某些重要局面時，她就會這樣對我說。

「那與其是在對我講，應該是妳說給自己聽的吧。」

彩華睜大了雙眼。

「……也是呢。」

彩華脫口說出這樣一句簡短的肯定。

以自己為優先。

這句話也帶有某種自我防衛的意義吧。她想透過讓我肯定以自己為優先的思考模式，來減輕自己過去的罪惡感。

也可以看作是她朝著輕鬆的退路逃去。

但我自己真的沒資格這麼說。如果我是可以毫無後顧之憂，堂堂說出這句話的那種人，想必能成為一個更正當的人才對。

假若我的個性是絕對不會朝著輕鬆的後路逃去，當我目擊禮奈跟其他男生牽手的時候，就會從後方叫住她了。會在那個狀況下直接回家，就代表我逃走了。代表我不想再受到更多傷害。

然而那個選擇卻造成把自己跟禮奈都傷得更重的結果。

我就是這樣的人。我就是儘管腦袋可以理解要是選擇了逃避，往後只會受到更大反擊這樣的道理，但還是無法當場察覺的那種人。

這樣的我，怎麼可能有辦法不容分說就滔滔不絕地說起大道理。

所以，我一開始對彩華說的話是我的共鳴。

「妳們國中的那件事啊，如果我是彩華的立場，也會這樣做。」

聽我這麼說，彩華驚訝地抬起低垂的視線。

「這一切的元凶都在於明美採取的行動吧。就算發生了原因不在自己身上的爭執，而且對象又並非特別親近的學弟妹，換作是我也不會介入。」

我高二那時會想幫助彩華，是因為彩華是我無可取代的朋友。我也跟彩華一樣，是那種會根據人際關係而改變自己行動的人。

志乃原自己也認同這個想法。

正因為能夠理解一般來說是會採取這樣的應對，然而又有著無法看開的部分，所以才會想去否定彩華的存在。

「『彩華學姊一定會來幫我』。擅自被人這樣期待，然後又被人認為是自己背叛對方，應該很難受吧。」

「等——」

「換作是國中時的我，一定會繼續默默放在心裡。就算是朋友的拜託，我也做不出後來又去幫助對方這種事情。更何況那是在準備大考的時期吧？不如說真虧妳還替她善後。」

「——等等。我不想聽你說出這種話。」

「是啊。我也不太喜歡像這樣偏袒，說穿了這也只是表面上的激勵。實際上妳依然有不對的地方，而且換作是我，站在彩華的立場也會感到後悔。」

這麼說完，彩華眨了眨眼。

她似乎流露一點放心的表情，應該不是我的錯覺吧？

「彩華妳啊，知道自己是哪裡不好嗎？」

「……對志乃原視而不見。」

「妳並沒有這樣捨棄她。後來還是有去幫她吧。」

「就算只是一時而已，我還是這麼做了。比起志乃原，我更以自己為優先是無法扭曲的事實。」

「這點確實無法扭曲。但本質上不好的地方並不在於此。」

「…………你想說什麼？」

彩華再次低下頭去。

她的聲音悶悶的。聽起來就像是在向人求救一般。

——我知道彩華接下來要採取怎樣的行動。

她會因為對學妹視而不見這件事被我定罪，然後向志乃原道歉做一個了結，並以此展開一個新的開始。

然而這不過是形式上的結果。

即使在彩華的內心做出一個了結，也不知道志乃原的想法會不會改變。

如果真的要重新開始，就只有在雙方都能接受的情況下才有意義。

就像我跟禮奈說好了，要相互抵銷彼此的過錯。

就連志乃原自己也沒能明言是彩華的錯。即使有著憎恨的理由，也找不到可以責備她的道理。

正因為如此，才會有股難以排解的心情不斷在心頭纏繞著，讓她每當看見彩華就會不禁反抗。

每次都被那樣沒道理地纏上，彩華當然也會不禁想應戰吧。

若想修復兩人這樣執拗又惡化的關係，彩華就必須親口說出自己要受到志乃原責備的理由。

而且要是不向她道歉，志乃原也只會越來越憎恨彩華。

——對不起。即使當時跟妳沒那麼親近，我也不該捨棄妳。

……即使這就是事情的本質，也應該要避免說出口才對。

要是聽她說出這樣的話，不知道志乃原的自尊心會多麼受傷。

因為道歉而造成二次傷害，這反效果也該有個限度。

這世上多的是因為照實說出口，反而讓事情更加惡化的例子。

話雖如此，彩華還是要由衷向她道歉。而志乃原也該有個接受她道歉的理由。現在就是需要一個讓她們雙方都能接受的原因。

對此做出提點，就是現在的我能做到的事。

「……能救助的對象是跟自己不親近的人。要是產生了那個人好像受到某種迫害的預感，即使沒有確切的證據也能救助。只要過去曾捨棄過一次就無法原諒。以理想來說確實是這樣沒錯。但以現實來說，這種狀況多的是。志乃原在理智上也能理解這一點。」

「你為什麼有辦法斷言她能理解？」

「妳跟志乃原重逢的時候，那傢伙曾有因為捨棄她這件事本身責備妳嗎？」

我這句話讓彩華不禁語塞。

志乃原無法忍受的並不是被她捨棄這件事情本身，而是彩華的改變。當然，這也算是捨棄她這個行為所造成的結果，但這兩者的差異很大。

而且無論彩華在那之後是怎麼想的，她還是消除了關於志乃原的不實謠傳。

對過去的志乃原來說，那或許可以算是一種補償。

但這兩者之間相隔了一些時間。無論當時在背後做了多少應對及處理，應該都很難完全壓下已經竄起的情感。

「但是，除此之外的道歉……『對不起，我當時跟妳不夠親近』這種話也太傲慢了。對志乃原來說，與其要這樣道歉，還不如什麼都別說比較好。」

「對啊。」

「那麼──」

「彩華該受到責備的地方，首先是無法控制好社團內的氣氛。」

彩華睜大雙眼之後，緊咬了下唇。

「妳當時是社團的隊長。最基本的問題，就在於醞釀出了一個讓明美能夠恣意妄為的氣氛。」

即使國中時的彩華個性跟高中的時候不一樣，依然是班上的中心人物。

而且還是社團的隊長。

她名副其實具備能夠改變社團氛圍的力量。但卻沒有想要去改變的原因，在於她想避免與明美起爭執。

這個選擇乍看之下無可奈何，但實際上只是拿他人當藉口逃避了這問題而已。

這是她首先該被身為社員的志乃原咎責的問題。

「明美平常用傲慢的態度在練習時，妳並沒有逐一去警告她吧。我能理解妳是不想引起糾紛，但即使如此，若是從一些小地方就開始指正，狀況應該就會有所不同了。」

「這……」

彩華想做出回答，卻又搖了搖頭。

「……不，你說得對。就算秉持實力主義，應該也多的是能夠防堵的地方。但我面對明美時，卻總是選擇放任。」

「嗯。而且……明美說她贏不過的人，並不是志乃原喔。」

從之前我跟明美的對話看來，這點也很明顯。

儘管這是連我都能注意到的事，彩華卻不明白。

如果明美是彩華從大學之後才有往來的人，彩華應該也可以敏銳地察覺出來吧。但她卻礙於從國中開始的既定印象，而沒有察覺到這點。

「明美她——」

「——等等。你別再說了。」

彩華出言制止我。

當我正想問她原因時，彩華旋即繼續說下去。

「我自己想。你可以不用再多說了。」

「……這樣啊。」

我還有一件事情想告訴她。

但是，朝我這邊注視過來的彩華，雙眼中已經恢復了她的強悍。

那是我打從高中就知道的眼神。

「雖然還有一件事想說，但應該已經沒關係了吧。」

「嗯。如果不是自己找出答案，那就沒意義了。」

她以凜然的語氣這麼說。

看來已經沒關係了。

我淺淺笑了笑，彩華便感到內疚似的嘆了一口氣。

「……我一直都在逃避呢。甚至是連自己都無法察覺的程度……不，應該說是我不想察覺。其實要是你沒有認識明美，國中時候的事情我說不定一直都沒辦法說出口。」

「是嗎？只會逃避的人，可不會主動去跟禮奈見面喔。」

獨自去見一個說不定憎恨自己的存在。能做到這種事的人才是少數吧。

「……搞不好呢。但我可是被禮奈訓了一頓喔。」

「嗯？」

「她跟我說『不要為了讓自己好過一些而道歉』。我差點又要重蹈覆轍了。」

原來禮奈說了這種話啊。

讓她對彩華說出這種話的人是我。

我必須將這件事銘記在心才行。

「這樣啊。」

「謝謝。幸好有你明確地責備我一番。」

彩華瞇細雙眼，並揚起嘴角。

「有你陪在我身邊，真是太好了。」

她接連說出這樣的話，讓我不禁撇開視線。

「……聽妳這樣講很害羞耶。」

「要不是這種時候，我也會覺得害羞到說不出口啊。有你願意當我的摯友，真是太好了。沒有你的話，我想必……會一直逃避下去。」

「才沒有——不，還真的是這樣。都是多虧了我呢，嗯。妳好好感謝我吧。」

「…………咕！」

彩華緊握拳頭並狠狠瞪著我。

換作是平常，這種時候她就會反駁地說：「你不要太囂張了！」然而現在這種氣氛讓她說不出這樣的話，內心的糾葛也全都表現在臉上了。

這表情實在太罕見，我甚至想說如果可以靠著眨眼截圖下來就好了。

說穿了，我並沒有做出什麼值得讓她道謝的事情。平常總是她在幫助我，因此現在這狀況只是我總算能還她一個人情而已。

就算不提這種人情債，幫助摯友本來就是理所當然的。是我想成為她的助力才會幫她，而且能在彩華心中占有一席之地，也單純讓我感到很開心。

所以，我很慶幸能讓她露出現在這個表情。

往後一定還有機會回想起今天這件事吧。她要是每一次都要這樣向我道謝，我也會覺得渾身不對勁。

咕唔唔……

我比較喜歡這種對等的關係。

「………呼。真的是謝啦。」

彩華對我道謝之後，便站起身。

我也跟著她站了起來之後，彩華這才注意到並問我：

「話說你啊，現在是要回家嗎？」

「廢話。不然我要回哪裡啊？」

「不是啊，我想說你搞不好有很多可以借住一宿的家。」

「才沒有！」

「我開玩笑的啦。」

彩華這麼說著，就朝我的口袋那邊看了過來。

雪豹的鑰匙圈從口袋裡掉了出來。

「你一直都在用那個呢。」

「對啊。而且我也很喜歡。」

這是高二那年冬天，在跟彩華成為摯友時收下的鑰匙圈。

今天彩華只跟我說了她國中時的事情。

但我總覺得除此之外，彩華好像還有其他想講的話。

雖然沒有證據，但我如此確信。

剛才這句話說不定就跟那件事有關。

「我也覺得能跟妳成為摯友，真是太好了。」

不知為何，我這麼說了。

這句話並沒有他意。但我總覺得必須在這個瞬間說出口才行。

彩華笑著說「什麼嘛」，並朝著玄關走去。

我也跟著她走，並穿上鞋子。浮腫的腳讓鞋子穿起來比平常還要緊一些。

忍下這種不適感，我便走到公寓的走廊。

以後再來彩華家的機會應該會減少吧。一想到可能得隔上一陣子才能再看到這樣獨特的裝潢，我就想盡可能地刻印在眼底。

我環視了一圈之後，彩華也放鬆地呼出一口氣。

「——嗯。長大成人之後，也請多指教嘍。」

「……好。這我能夠保證。」

「呵呵。謝謝。」

彩華流露出微笑。

她笑彎了眼，漂亮的雙眼皮也跟著收緊。

從今以後，又會是一如往常。
希望可以一如往常。
我在緊緊關上的大門外，這麼祈願了好一陣子。

第12話　放手一搏

橘色的球體向上飛去。

接下來將在選手之間來來去去的球，離開評審手中到了半空。攻擊就從搶下跳球的那一方開始。

掠過指尖的感觸傳來之後，球朝著左後方落下。

明美拾起後就勇猛地運著球深入敵陣之中，在她身後的男子也拚命追了上去。

自從明美會來「start」露臉之後，已經過了兩個星期。

明美要是加入女子組的比賽，會使得雙方隊伍無法保持平衡，因此才讓她跟男子組一起比賽，不過這對她來說似乎沒有影響。

能跟大學女籃社的現役王牌互相抗衡的男生並不多，明美也會只用單手進行比賽之類的，讓整場比賽都籠罩在前所未有的昂揚感之中。

跟明美同隊的我，看到她設下單挑的局面，就立刻後退到自隊陣營。

我跟明美同隊比賽過好幾次，她單挑的成功機率相當高。因此與其跟著去參與進攻，倒不如回到自隊陣營，摧毀敵隊的快攻還更合理。

這時一道哨聲響起，比賽也跟著暫停。

明美要投籃的時候好像有人犯規，因此她得到兩次罰球機會。

由於多出了空檔時間，我便走到中線去看她罰球，只見明美隨後一臉純粹感到開心地跟隊友擊掌。

我朝著球場外瞥了一眼，就發現志乃原用一副難以言喻的神情看著她的表現。

——如果明美學姊會更常來這裡，我就不想待在「start」了。

這是當然。

陷害自己的那個人，踏入了自己身處的新環境之中。即使那是過去發生的事，深刻留在心頭的傷還是沒有痊癒。

然而明美卻相當頻繁地來到這座體育館，還漸漸地、漸漸地融入其中。對志乃原來說，想必不禁覺得是自己的歸宿遭到剝奪了吧。

「start」基本上不會拒絕任何人來到體育館。

正因為秉持這樣的本質，志乃原才會成為經理，禮奈也才能偶爾來這邊露臉。除了我以外，還有很多同好會成員受到「start」這個宗旨所帶來的恩惠。

正因為如此，我們很難露骨地拒絕明美來到「start」。

藤堂跟志乃原好像也都有察覺到這一點，但不知道該如何應對而無所適從。

我自己則是被志乃原下了封口令。

但即使如此，再這樣下去志乃原總有一天會不再過來這裡。

難得都聽她說這裡是自己的歸宿了，我這個學長也想好好守護住。即使志乃原想自己去面對明美，不希望我或藤堂介入幫忙，但我也不想就此置之不理。

然而我要是介入這件事，結果還是會被志乃原知道。

——歡呼聲讓我暫停了思考。

第一球的罰球得分，社團成員們紛紛給明美送上掌聲。

……雖然不想承認，但氣氛確實很好。

大家看到現役籃球社選手的表現，也受到很大的刺激。

志乃原應該也如實感受到這樣的氣氛了吧。對這個同好會來說，明美漸漸成為能夠給予至今從未見過的刺激的角色。

明美自己也覺得「start」的氣氛很好，開始會流露出我從沒見過的那種笑容。

我不知道她會在同時還有社團活動的狀況下如何安排時間，但再這樣下去，她很有可能會持續參加「start」的練習。

第二球罰球也進籃之後，明美一個轉身便回到自隊陣營這邊來。

她像男生一樣只用單手投籃，應該是出自身為社團選手的矜持吧。

一跟明美對上眼，她便朝著我伸出手。

兩球罰球都得分了，會擊掌也很正常。

「好球。」

我輕拍了她的掌心，便立刻跑到敵隊的藤堂那邊。

現在剛好是在藤堂迅速地運球之下，必須有人趕緊去支援才行的場面，因此就算沒有刻意擊掌，應該也不太可能被明美察覺。

畢竟志乃原就在一旁觀賽，我或許可以做出這點程度的抵抗，但我不想承認只能做出這種幼稚抵抗的自己。

與其要做這種事情，倒不如無視志乃原的意志，直接說出來還比較符合我的個性。

「悠太！」

正當明美尖銳的呼聲讓我抖了一下的同時，藤堂灌籃得分了。發現藤堂已經從視線之中消失，我這才連忙回頭。

即使明美有及時前來支援，還是因為身高差距的關係沒能擋下藤堂的投籃，球就這麼被吸進籃網之中。

「你在發什麼呆啊！」

「抱、抱歉。」

「真是的～振作一點嘛。」

輕輕拍了拍我的背，明美便朝著敵陣跑去。

她跑遠之前那抹爽朗的笑容令我印象深刻。要不是聽志乃原跟彩華說過那些事情，我一定很難理解到明美的內在。

然而另一方面，也正因為我記得曾有幾次不經意窺見明美內在的一面，才更相信她們說的話。

現在的明美，完全沉浸在純粹的快樂之中。

當我來到中線時，明美又正準備要跟人單挑。

她又會得分了吧。就在我這麼想的時候，球突然飛了過來。

很看重技巧的這記盲傳又掀起一陣歡呼。

在沒人防守的狀態下，投出去的三分球運氣很好地得分，這讓我鬆了一口氣。

「好球！」

「喔！」

我回應了明美的擊掌。

這感覺真討厭。明美的笑容是這麼燦爛，只是一旦知道她的內在個性，就會覺得這一切都像虛假的一樣。

她的傳球都很猛烈，只要反應遲了一拍，手指可能就會扭傷，真希望她出手時可以再稍微斟酌一下。

宣示比賽結束的鳴笛響起，明美高舉雙手做了一個勝利姿勢。

如此一來，有明美在的隊伍就連贏四場了。

意思意思打完招呼之後，我出了球場，朝著志乃原的身邊走去。

志乃原一看到我便開心地喊著：「學長！」並靠了過來。

「打得真好。請喝水！」

「謝啦。妳今天也很經理耶。」

「請你不要把經理拿來這樣用好嗎？別人絕對聽不懂啦。」

「怎麼會聽不懂，我兩個字都講了耶。」

「重點不是講了幾個字啊……」

正當我們跟平常一樣隨口閒聊的時候，身後便傳來一聲「悠太」。

在我回頭之前，光看志乃原的表情就知道是誰了。

「嗯？」

「在你們聊得這麼開心時打擾真是抱歉耶。我有事想單獨聊聊，方便嗎？」

明美一邊撩起頭髮這麼問道。

志乃原的臉上確實帶著擠出來的笑容，但嘴角並沒有好好揚起。

看她這副模樣，或許先拒絕明美比較好。

「呃，我才剛請志乃原去處理一件同好會的工作而已。不然有事我聽妳說好了。」

我這麼回答之後，明美眨了眨那雙細長的眼睛。

「哈哈，我想單獨聊聊的對象不是志乃原啦。我是有事要找悠太。」

「咦，找我喔？」

「嗯。跟我離席一下吧！」

明美說著就一把拉住我的袖子。

既然是要找我，就不用擔心會發生什麼事了。

要是隨便拒絕她，好像反而會讓事情變得更麻煩，我就這麼被她拉著，跨步就要向前走去。

這時，另一邊的袖子也被人揪住，運動上衣也跟著繃起。

回頭一看，只見志乃原正抓著我的袖子。

那好像是她下意識的動作，只見志乃原自己也眨了眨眼。

「怎麼了？」

「那個，就是……」

她不希望我跟著明美走。

志乃原這樣的心情透過袖子傳達了過來。

然而我要是就這麼留下來，就結果來說恐怕也會給志乃原帶來不利。要像這樣呆站在這邊，也只會展開無謂的問答──

「志乃原？」

這麼開口的是明美。

除了困惑之外，她的語氣聽起來還帶了一點壓迫感。

志乃原思考了一下，還是開口說：

「……學長有答應要協助我處理工作。要是突然把他帶走，就是……會有點傷腦筋。」

「是喔～怎樣的工作？」

「是……」

志乃原一時語塞。畢竟沒有事先準備好像樣的理由，總不可能這麼輕易就瞎扯出藉口。

我也絞盡腦汁地想該怎麼回應才好，但明美的話卻搶先說了下去：

「我是要跟悠太告白。」

「咦！」

志乃原睜大了雙眼。

我也嚇了一大跳，但一看到明美覺得有趣地噴笑出聲之後，就察覺出她的真意了。

「騙你們的。我確實很想單獨跟他玩玩啦，但要是被罵也很麻煩嘛。」

明美瞇細雙眼，視線朝我們看了過來。

那尖銳的目光想必從國中到現在都沒有變吧。志乃原加重了手上的力道，也證實了這一點。

「志乃原，妳喜歡悠太喔？」

「……我為什麼要跟明美學姊講這種事呢？」

「妳應該知道悠太身邊有彩華吧。我勸妳還是放棄好了，不會輪到妳的。」

「妳說夠了吧。」

我甩開明美的手。正確來說，是在我想甩開她並要轉動手臂時，明美就已經先鬆手了。

「我有說錯什麼嗎？」

「大錯特錯。妳以為妳是誰啊？」

我不禁厲聲這麼說，接著連忙收斂起表情。

在這裡跟她撕破臉，也只會讓志乃原的立場更糟糕而已。

那時在跟榊下吵起來之後，就結果來說確實是讓事情朝著好的方向發展，但現在牽扯上明美，我並不認為事態會因此有所改善。

「抱歉。」

我道歉之後，明美也露出淺淺一笑。

表情看起來很沉穩。她給我一種對待反抗的人毫不手軟的印象，因此我感到一些意外。

「……悠太，因為她是學妹你就會這樣護著她啊？真厲害耶。就算護著她，你也得不到什麼好處吧。」

「我並不是因為有好處才想幫她。」

「……哦。我真的不太懂耶。」

如果只聽這麼一句話，會覺得她是在挑釁吧。

然而明美低下頭看著地板，一時動也不動。

志乃原也困惑地抬頭看著明美。

「意思是志乃原也找到一個可以證明自己是自己的人了啊。」

這次志乃原真的一臉費解地反問明美：

「請問……這是什麼意思？」

「……我就找不到啊。這樣還不懂嗎？」

看她自言自語般呢喃，我不禁對她問：「妳還好嗎？」

「——志乃原，我可以借一下悠太嗎？」

「妳會這樣問，是代表我有權拒絕嗎？」

「這個嘛……天曉得呢？」

即使聽說了她們過去發生的事情，也不代表我就完全理解志乃原跟明美之間的關係。

她們想必有過一段我無法理解的時光。

不知為何，明美現在感覺情緒不是很穩定。唯獨這點連我也能感受得出來。

志乃原想了一下，隨後便點了點頭。

「如果只是借走一下，倒沒關係。前提是在下一場比賽開始之前，你們都要回來。」

「也是呢。我知道了。」

對此加上條件，對志乃原來說應該是盡全力的抵抗了吧。

這時是該稱讚她有勇氣對造成自己心理陰影的當事人談條件，然而志乃原自己也對於明美這麼乾脆就同意而難掩困惑的神情。

「呃，好——請問妳怎麼了嗎？」

總覺得明美好像不太對勁。

那種迫切的氛圍，也讓我暗自感到費解。

「走吧。」

先朝著體育館外頭走去的人是我。

明美也跟在我身後走了出來。我才認識她沒多久，理當無法了解她這種不太對勁的感覺是從何而來。

◇◆

「start」平常租借的體育館二樓，主要是由觀眾席跟走廊占據大多數的空間。

經過好幾個可以通往觀眾席的入口走到底的地方有一處階梯，從那裡上到三樓就能進到副球場。

副球場是只設有一個籃框的球場，空間比起「start」平常租借的主球場還要小很多，但特徵在於人數少的話就能自在地使用。

這裡是舉辦正式大賽時給選手調整狀況的地方，但在「start」包場的時段不會有其他人來使用。

明美說要去一個現在沒有其他人在的地方，於是把我帶到這裡來之後，眼前卻看到一抹熟悉的身影。

我下意識停下腳步，那道人影也動了動。

「——很慢耶。」

這麼說著的人是彩華。

我有兩星期沒看到彩華了，不過她這副模樣還變了真多。

並不是她剪了頭髮之類的。

而是彩華正穿著練習用的球衣。我腦中不禁跳出大大的問號。

「妳為什麼會在這裡啊？」

聽我這麼問，彩華若無其事地回答：

「因為就是我把明美找來的啊。我姑且也有聯絡你喔，可見你沒看手機吧。」

「……似曾相識呢。」

「手機也算是貴重品，你還是帶在身上比較好吧？」

以前我們不知道說過幾次這樣的對話。

平常只要手機一響我就會立刻確認，但來同好會打球時，我大多時候都是完全不會看。

一時與網路世界隔絕開來的時間讓我覺得很舒坦，所以我才會這麼做，不過其他同好會成員也都確實會把手機帶在身上。實際上，球場外平常都是理所當然似的，將水瓶跟手機並放在一起。

「抱歉。我平常都是丟在更衣室，但我會考慮看看。」

聽我說完這樣的藉口，彩華便轉而看向明美。

「好吧。然後啊，明美。」

「妳這是總算肯理我的意思啊？」

明美揚起嘴角，與彩華相互對峙。

「拜託妳不要再纏著志乃原了。」

「如果在妳看來是這樣，那我可得道歉才行呢。」

明美環抱雙手靠在牆上這麼說。

沒有任何破綻的眼神一直緊緊注視著彩華。

「從悠太那副樣子看來，妳應該跟他說過國中時的事情了吧？怎麼樣，人家有沒有對妳大失所望？」

明美表情扭曲地這麼問。大概是因為四下沒有其他人的關係吧，她現在的表情看起來比起跟志乃原對峙時還更凶惡好幾倍。

聽見這個毫無掩飾的問題，彩華嘆了一口氣。

「明美，妳太小看這傢伙濫好人的程度了。他的態度一點都沒有改變喔。」

她也不看向我就這麼回答，應該是為了避免莫名招惹到明美吧。

「我想說的只有一件事。就照明美的要求，我跟妳賭一場單挑。但我要是贏了，妳就不要再踏進這個體育館。」

聽她這麼說，明美的背也緩緩離開牆上，並朝著彩華靠近。

我一站到兩人之間，明美完全不朝我看一眼，就對彩華問道：

「這麼做是為了志乃原嗎？」

「……是為了明美。」

彩華的答覆讓明美露出一抹冷笑。

「好意思說啊……妳已經熱身好了嗎？」

「是啊。我完全做好熱身了。」

「這樣啊。那就十分鐘後開始比，三分取勝。因為我可不想聽妳說出熱身完就累了這種藉口。」

明美走過彩華身邊，進到副球場的球場內。

副球場的入口前方設置了一張長椅，我便跟彩華一起坐在那邊。

一時之間變成我跟彩華兩人獨處的狀況，這讓我不禁問出剛才就懷有的疑問。

「欸，賭一場單挑是怎樣啊？」

彩華聳了聳肩並答道：

「她偶爾會來拜託我啊。說她要是贏了，就要我加入籃球社。」

「那妳今天為什麼答應了啊？」

會說是偶爾，就代表她至今已經向彩華提過好幾次了吧。這讓我很想知道既然之前都不斷拒絕了，今天為什麼要答應下來。

「這是為了明美……跟志乃原。雖然剛才面對明美時，我並沒有承認就是了。我又不想把她捲進來。」

彩華甩了甩手，並繼續說下去：

「我會找你過來，是為了請你擔任評審。話雖如此，倒希望你能遠遠看著就好……畢竟面對這樣的狀況也不會感到困惑的人，也就只有你而已了。」

「是沒差啦，但我也正感到很困惑好嗎……不過，沒問題嗎？」

「怎樣？」

彩華若無其事地反問，這讓我感到很不可置信。

「什麼怎樣，要是輸了妳就得加入籃球社吧？」

一般來說都會認為不過是口頭上的約定罷了，但彩華既然答應下來，她就真的會拿出執行的行動力，因此令人擔心。

社團的活動內容以及要被束縛住的時間都非常龐大，跟同好會完全無法相比擬。
以「Green」的副代表為首，彩華還有參加其他同好會，再加上打工等行程看來，要再兼任社團活動太不切實際，想必就得離開某個團體才行。
但我不希望彩華就這麼放棄她好不容易找到的歸宿。
現在都已經大三了，加入社團之後很快就是身為現役選手的最後一場比賽，我實在不希望她就這麼離開至今建立起來的環境。
「但要是不跟她做這樣的約定，明美恐怕也會反悔答應我的事。」
「所以說，妳也沒打算執行這項約定是吧？」
問歸問，我光看彩華的表情也知道她會怎麼回應了。
「——有好嗎？你少瞧不起我了。」
「為什麼啊，妳有辦法跟那個明美一較高下嗎？這樣的條件未免太不公平了。」
就算彩華以前擔任過隊長，明美可是在那之後的五年當中也都在打籃球。照理來說早就反轉了當時的優劣立場，更拉開一段差距才是。
明美想找彩華加入社團的理由，從過去那些事情也能輕易想像得到。換個角度來看，這也能視作一個獨善其身的理由。
會想阻止彩華去挑起這場勝負也是很自然的吧。

然而當事者彩華卻是一副滿不在乎的樣子。

「這兩星期以來，我可是打了滿多場實戰以恢復實力喔。而且平常就有在碰球，基本上還是有手感。」

「妳平常就有在碰球喔？」

彩華並沒有加入什麼籃球同好會。因此我擅自認定她應該沒有這樣的機會。

「有啊。除了重訓之外也多少碰一下球，才比較好做到全方位的鍛鍊。」

「妳有在鍛鍊啊？」

這麼說來，我記得她在溫泉旅館也有做些伸展運動。

原來她會在運動的時候加入碰球的練習啊。這也是多虧住在那個一房一廳一廚的家才得以實現，真是教人羨慕。

「當然有在鍛鍊啊。從這副身材就能看得出來了吧。」

彩華伸直了兩隻手臂給我看。

無袖的球衣讓她一身帶有透明感的肌膚前所未見地大範圍裸露出來。乍看讓人覺得纖瘦的身體，在這麼近的距離下就能一窺帶著恰到好處的肌肉，要不是在這種狀況下，就各方面來說都會很危險。

「你好像有話想說嘛。講看看啊。」

「上臂練得不錯。」

「啊哈哈，變態。」

「拜託妳不要像呼吸一樣自然地貶低我好嗎？」

要不是她這麼問，我也不會說出任何話來。

視線之所以會轉移到她的雙手，也是因為彩華伸直了手臂秀給我看，這樣說來真是滿沒道理的。

「但不可以摸喔，不然會打斷我的注意力。」

講得好像如果不是等一下還要跟明美單挑，就可以摸的樣子。要是被其他人聽到這種話，想必會有一堆人衝上來吧。

「我只是看到之後站在客觀的角度這麼說。並沒有想要摸。」

「……之前摸到我胸部的時候你不就樂翻天了？」

「我才沒有樂翻天！」

就是害我的手機螢幕摔得粉碎的那起事件。

我總覺得要是沒有明白說出我並沒有樂翻天就會很不妙，於是盡全力否定她的說法。彩華覺得逗趣地笑了笑，接著就伸展了一下背部。

「嗯，放鬆多了。」

明美剛才說的十分鐘也快到了。

現在明美正站在籃框下方，一邊用手指轉著球並輕閉著雙眼。社團現役選手在比賽前的例行熱身就是這麼有模有樣。

「贏得了嗎？」

「放心吧。」

彩華從長椅站起身來，並朝著籃框那邊走去。

那是一個肩負著過去社團隊員心意之人的背影。

與明美對峙的彩華臉上想必是滿滿的自信。

遠遠看著她們的我，如此確信。

第13話　戶張坂明美

我步步走向國中時代的象徵。

戶張坂明美。

我過去不願意面對的，自己的軟弱。

在我朝她走過去的途中，背後能感受到那傢伙投來的視線。

……他是在擔心我嗎？

不用你擔心好嗎？

我這麼暗忖著，並與明美對峙。

「久等了。」

我這麼說的語氣一如往常，甚至連我自己都感到驚訝。明美大概也是這麼覺得，只見她皺起了眉間。

「我可以問妳一個問題嗎？」

面對明美投來的問題，我點了點頭。我大概可以想像得到內容。

「妳高中跟大學都沒加入籃球社，是為什麼？」
在大學重逢之後，明美問過我好幾次一樣的問題。
我每次都顧左右而言他，但回想起來那也只是在逃避而已。
──妳不要在我跟大學的朋友在一起時提起國中時的事情。
我會語氣這麼強烈地拜託明美，是因為想清算過去。我希望自己打從高中之後就重生了。
因為我相信國中時的自己不需要現在這樣的個性。
然而，我卻對於自己還維持著不願妥協的生存方式這番矛盾視而不見。不過這樣逃竄的路途也要結束了。
「因為我很想換個環境。而且，我覺得自己沒資格加入籃球社。」
「是喔。總算聽到妳的回答是很開心啦，但一如預料的複雜呢。」
「誰管妳啊。」
我回給她一抹苦笑，明美便聳了聳肩。
「至於後者，妳為什麼會覺得自己沒資格打籃球？」
「因為我以自己為優先，而給隊員們添了麻煩。大概也包含了對當時的贖罪吧。」
「……妳跟悠太說了那些事情啊。我是有察覺到他看著我的眼神好像變了，看來不是錯覺呢。」

那傢伙擺出這麼明顯的態度啊。對於他人的過去也太感同身受了。

但說不定正因為是這樣的個性，我才能坦率地對他說出口。

「現在悠太會出現在這裡，就代表他接受了一切啊。根本是男朋友吧，你們乾脆交往就好了啊。」

「……為什麼會得出這種結論啊？」

「國中時的彩華，跟大學時的彩華完全不一樣。言行舉止全都跟過去判若兩人，因此國中那些事情聽起來反差應該很大才是。」

明美說得沒錯，確實如此。正因為對此有所自知，我才會遲遲沒有對他坦言。

我現在的個性是高中之後形成的，因此我想把在那之前的自己當作是另一個人看待。

然而，我錯了。

正因為有友梨奈，也有明美，所以我才在多愁善感的青春期體驗到各式各樣的事物，並造就現在的自己。之所以能夠敏銳地察覺他人的心思，無疑是因為有著國中時的那段經驗。

是那傢伙讓我回想起這一點。是他溫柔地將逃避的我給拉了回來。

若要借用友梨奈的話，這樣的存在就是摯友。

「比起男朋友，那傢伙算是摯友。」

「異性之間可不存在純友情喔。」

——也許吧。

我正想這麼回答她，但還是把話吞了回去。

現在另有其他該優先說的話才對。

「難道妳身邊沒有會認同妳自己的人嗎？」

「有的話，大概就不會變成這樣了。」

「是喔。」

話題保留在這樣形式上的回應之後，我伸展了一下身體。

……總之先贏過她再說。

我轉了轉手臂，再次覺得這身打扮真的很輕鬆。

「那就開始吧。」

賭上某些事情的單挑。我們國中時比過了好幾次。

像是賭上訓練內容的難度，每次獲勝的都是我，因此難度也跟著越來越高。

看著我們單挑的那些隊員，應該幾乎都是替明美加油。現在回想起來，那或許是除了比賽之外，整個籃球社最為團結的瞬間。

話雖如此，現在我跟明美的實力差距根本想也不用想。

那傢伙說得對，就算搭配起所有基本技巧想必也會輸。

但我有自信。

背部感覺好熱。這究竟是照明的熱度，還是因為能感受到那傢伙的視線呢？

我得好好回報才行。無論是對那傢伙的心意，還是對我自己的心意。

為此，唯獨現在這個瞬間就拋開所有思緒吧。

我冷靜地吸了一口氣。

帶著濕氣的空氣就此流轉進了肺裡。

◇◆◇◆

上一次看到美濃彩華穿上球衣，是多久以前的事情了啊？

如果是從國中的最後一場比賽算來，就是睽違六年了吧。

我記得那時是梅雨季，而且也下了雨。

……為什麼一點也沒有退步啊？

這就是我跟彩華對峙時最坦率的感想。

讓人不禁感到緊繃的壓力，甚至讓我覺得更勝於國中那時。

睜得大大的雙眼只凝視著我。這讓我感受得出她就像是為了不漏看我的一舉一動，甚至連我的預備動作都要看穿似的。

……討厭死了。

這讓我咬緊牙關。

從小時候開始，就幾乎沒有人會稱讚我。

我本來就很不擅長念書跟學習。

一般來說即使成績不太好也多少會得到父母的讚美，但我有個總是會拿來做比較的天賦異稟的姊姊。

我走的路上，全都留有姊姊走過的足跡。

而且還是相當漂亮的足跡。不論走到哪裡都有她的足跡，步伐還是我的一倍以上。我就算拚盡全力也追不上她。

但是，唯有一條姊姊沒有走過的道路。

那就是籃球。

姊姊在其他學習方面都拿出了成果，因此沒時間投注於籃球上。父母平常都只會稱讚姊妹，但唯有在籃球方面認同我的能力。

所以，籃球是唯一讓我感到自豪的手段。也就是自我認同的一切。

因此我不想輸給任何人。

明明是這麼想的，我卻在小學的兒童籃球遇上美濃彩華，並輸得落花流水。我在唯一自我認同的事情上敗北了。

在那之後的兒童籃球時代，我從來沒有贏過彩華所在的隊伍而晉級。

明明具備了即使輸給其他隊伍後來還是能雪恥的實力，直到最後唯獨就是從來沒有贏過彩華的隊伍。

所以在國中跟她重逢時，我感到開心不已。想雪恥的對象就近在身邊。我要在有這個人的隊伍中得到認同。

內心才這麼想而已——

「哦。明美，妳從國小的時候就開始打籃球了啊？」

「——咦？」

……看來即使對戰過幾次，我這個人並沒有留在她的記憶當中。

小學時候的我在隊伍中堪稱無敵，唯一的對手就是美濃彩華。

但對她來說，我只是個可有可無的敵隊選手。

仔細想想這也無可厚非。即使我在區域大賽中還算有名，但從來沒有晉級到下一個階段過。

相對地，彩華在全國大賽之類的場合跟眾多實力堅強的選手激戰過。區域大賽對她來說應該只是一個中繼站而已，真的是無可厚非。

但這讓我後悔得要死。

籃球是我唯一的驕傲，然而自己視作對手的存在卻沒把自己放在眼裡。

……除此之外，還有一個令我懊悔的事情。

我就只有籃球而已。

但彩華除了籃球之外，還擁有很多。

有著端麗的容貌、即使秉持直言不諱的態度也受到周遭人仰慕的人望，而且成績還很好。神啊，這是怎樣？這傢伙也擁有太多了吧？也太不公平了吧？

我一開始也沒有輕言放棄，試了各種方式想追上她。但因此得到的結果也就只有在校園生活中成為小團體的中心人物。然而那是不同於彩華，既人工又醜陋的結果。

當我跟裝壞的男生一起行動時，身邊的人就會因為害怕而離開，剩下來的學生都是覺得「能待在這個小團體中應該很棒」的膚淺之人。

自然而然地滿懷盤算的女生們，以及透過誇耀力量得到快感的男生們，就湊成了這樣的小團體。

一般學生確實會對成為那團體中心人物的我另眼相看。

只是，當然也會有覺得我們看不順眼的人在，而那些人都聚集到彩華的身邊了。

彩華並不是自己對大家發號施令，而是大家自然而然地希望得到彩華的意見，而來找她攀談。

在社團之外也是這樣受人仰慕。

人望這種東西是與生俱來的才能。彩華說話從來不拐彎抹角，但這卻被視為良善。

——在這個圈子裡也贏不了。

我有勝算的項目，就只剩下靠自己的努力應該還有點希望的籃球而已。

要是輸掉了這份自我認同，我就沒辦法再愛自己了。

或許我現階段的實力還不夠，但我有著總有一天能追上去的自信。犧牲了念書跟玩樂的時間，自主練習也是安排得格外縝密。

而且姊姊也會替我加油，這讓我更想在籃球方面拿出成果。

我不只一兩次會看準沒有其他人在的時候跟彩華挑起一對一單挑。每次敗北的時候我都會打從心底感到悔恨，但這對彩華來說想必只是一段日常吧。

因為她跟我不一樣，並不是由衷執著於籃球。這更是讓我感到無比煎熬。

我要讓彩華認輸。

不知不覺間，就只有這個是我的原動力。

「——妳去換志乃原同學上場。」

聽她這麼說的時候，我腦中一片空白。

最後那場比賽時，我的手肘狀況確實不太好。我相信自己即使如此應該還是有一定的水準，卻只是不斷做出不像樣的表現。站在客觀的角度看來，並不認為她這樣的判斷有誤。

但唯獨被彩華做出這樣的宣告，令我無法忍受。

不知不覺間，想得到彩華的認同變成我的原動力。被這樣的她表示不需要，對我來說就跟自己的一切都被否定是一樣的意思。

要是繼續跟彩華一起待在相同的環境中，未來我一定會變得討厭自己。

「比起任何事情都更專注於提高自己的能力，至於其他東西則是能捨棄就捨棄。」

……彩華曾說過這樣的話。

——那就全都捨棄吧。為了死守我的自我認同。

一旦決定捨棄了，接下來就只剩下終結這場比賽而已。

我為了保護自己，而讓自己的隊伍敗北。

這對我來說就是扭曲的勝利。

斜眼看著在一旁做深呼吸的志乃原，我咬緊了下唇。

志乃原有時跟彩華很像。

甩了我的宮城，跑去向志乃原告白。但這個學妹竟果斷拒絕了他，當然會傷到我的自尊心。

但比起這種事情，完全沒有意識到我的存在就甩掉宮城這點，就宛如那個彩華的行徑一般，更是讓我感到厭惡。

……我已經不想再看到了。

在最後一場比賽結束之後，為了防止志乃原變成第二個彩華，我甚至透過朋友群組放出了不實的謠傳。

當我做出這件事的瞬間，也確實產生了已經墮落到谷底的自覺。

原來我是會採取這種苟且偷安的手段的人啊。

爛到自己都快笑出來了。

這就是戶張坂明美。

這樣的我為了保住自我，只能繼續贏下去才行。

……然而……

——球消失在視野之中。

被子彈般快速的彩華超越過去之後，我立刻轉過身要進行防守。

但彩華已經將球穩穩地拿在手中了。即使我想從後方試著防堵，還是因為沒有在第一時間採取行動，讓她有了投籃的機會。

直接讓球打到籃板反彈回來之後，穩穩接下再進行投籃。

……這可不是比賽時能用的招式。

彩華拿出不顧一切的態度來挑戰這場對決。

然而我卻連無情都貫徹不了，只能用不上不下的態度跟她對戰。

彩華的動作會有著如此充沛的力量，想必是因為珍視的人就在身後看著並守護著自己。

如果我也有個這樣的人，是不是會有所改變呢？

彩華一個搶球，讓球從我手掌中彈飛出去。

離開我控制的球就這麼滾到球場之外。

啊啊，我就知道不太可能實現。

所以，至少——

◇◆◇◆

久違的拋球打籃板上籃俐落地得分了。

這是一場太過沒勁的對戰。我的體力確實消耗得很嚴重，反觀明美的呼吸幾乎沒有一絲紊亂。

然而比數是三比一。

雖然不至於太難看，但實在很難想像這是跟現役選手對戰的分數。

並不是我比較強。而是因為明美完全沒有在動。

無論採取怎樣的手段，我會輸給她的可能性都非常大。

明美跟我不一樣，她在高中跟大學花了五年的時間在籃球上。儘管我有獲勝的自信，但同時也能肯定這是一場即使輸了也無可厚非的對戰。

「是我輸了。」

明美抱著雙腳當場坐了下來，並將臉埋進雙膝之間。

「……什麼輸了，妳根本沒拿出真本事吧。」

這要是換作當我還是現役選手的時候，一定會感到氣憤不已。

但我明確地感受到明美不太對勁的感覺，進而克制了這種情緒。

……看來，果真就跟那傢伙想的一樣。

只是聽我跟志乃原說過而已，真虧他有辦法連第三者的心情都能理解。

老是說我多厲害，你自己也很了不起好嗎？

「——妳是想輸給我嗎？」

我這麼一問，明美輕聲笑了笑。

從她的雙腿之間可以聽見悶悶的聲音。

「我怎麼可能想輸啊。但就是動彈不得。」

「……是喔。」

應該是與想一決勝負的欲望有所偏離的某種情感在作用吧。那一定是對於過去的我所抱持的東西。

聽她現在這樣的回應，讓我得到確信。

「我啊，也希望有人可以給我裁定。如果能由自己最在意的人做出裁定，我就一定能夠接受。」

聽我這麼說，明美的肩膀也抖了一下。

確認了在身後的羽瀨川並沒有離開副球場入口那邊，我再次對明美開口：

「妳說得對，我最在意的人就是羽瀨川悠太。相對地，明美所在意的對象應該就是我吧？」

在籃球社的社辦內，明美這麼說過：

——有個我贏不了的人。

即使要捨棄一些事物也想贏過的人，我一直以為她指的是志乃原，也一直以為她在講的是戀愛方面的事情。

這就是我沒有去面對明美的證據。

「……要是說錯了，彩華可就糗大了呢。」

「是啊。看來並沒有說錯，真是太好了。」

我淺淺嘆了一口氣。

明美緩緩抬起頭，她的視線朝著遠方望去。

「有一部分彩華說得沒錯。但是，我心中也還留有爛到不行的那個部分……這我自己也心知肚明。」

明美揚起自嘲的笑。

「我覺得自己非得懊悔才行。但我又改變不了。無論如何都改變不了。明明就是加害者，卻只認為自己是被害者。彩華也是——」

她說到這裡時一時語塞，但在下定決心之後便繼續說下去。

「雖然跟我在程度上完全不一樣，我也明白這是天壤之別……但既然會感到後悔，就代表在某種層面來說，妳也認為自己是加害者吧。」

「嗯，是啊。」

儘管那傢伙說並非如此，但我到現在還是這麼認為。

「……這麼乾脆就承認了啊。真是強悍。」

「我很怯弱好嗎？」

「那妳是怎麼改變的？」

「是有人改變了我。正因為對方也接受了我還是有所改變比較好的部分，我才有辦法自己採取行動。」

我想為了他而改變自己。

就算不容分說地把我痛罵一頓，或是對我感到失望，甚至索性拜託我，我肯定都不會這樣想。

正因為那傢伙完全接受了我，我才有辦法下定決心主動改變自己。

「……果然是為了別人啊。那指的就是人在後面的悠太對吧。」

「是啊。」

「那就是我辦不到的解決方式呢。像你們這樣親近的對象，我一個也沒有。看來我不應該硬是透過體育推甄進到這麼好的大學吧。」

「既然如此，就由我來當『那個』對象吧？」

明美睜大了雙眼。

這是我在這幾個星期以來一直在想的事情。說到要如何改變自己，我也只知道自己的這一套方法而已。

正因為如此，這才是最接近能確實執行的方式。既然要用跟我一樣的方法，那由我來看著才合乎情理。

「要我跟彩華那麼親近？別開玩笑了。」

「就算不想跟我親近也沒關係。我的意思是，從今以後就由我來承受妳那份黑暗的情感。」

至今我都盡可能避免扯上關係。

如果想要好好處世，就某種意義來說，或許就必須遠離像明美這樣不會改變的人。

但我只是逃離了國中時期的記憶而已。既然現在都決定要背負國中這段過去活下去了，我也想肩負起明美的生存方式。

過去曾是隊長與副隊長。即使以前是沒有交集的關係，也無法構成往後不能在一起的道理。

「……會選擇這麼沒效率的生存方式，還真不像現在的彩華會做的事呢。」

「哎呀，妳可別誤會了。」

我揚起嘴角。

「我本來就很靈巧啊。不過是明美一個人，我當然有辦法承受下來。」

見我雙手扠腰，明美也淺淺一笑。雖然立刻就恢復了，但說不定這是我第一次看見她這樣的表情。

「但妳要是把那傢伙牽扯進來，就算追到天涯海角我都不會放過妳。當然，我身邊的其他人也是。」

「……我才不會那樣做呢，也太可怕了。」

明美露出苦笑，並跟我對上眼。

……真是令人懷念的眼神。是我唯一看穿明美的，存在於強勢的她眼底的脆弱。

我一直以來就是對這雙眼睛視而不見吧。

經過了幾秒鐘的沉默之後，明美總算站起身來。
「……總之，我得先向志乃原道歉。在大學重逢後，我有伺機想向她道歉，但是——」
「這就由我來跟她說吧。」
聽到我的回應，明美眨了眨眼。
以今天為契機，她說不定真的能夠有所改變。
但要向當事人道歉的時機並非現在。
明美做得太過火了。無論她怎麼洗心革面，從被害者志乃原的立場看來根本無關。
明美一度做出的惡行，就算她自己改變了，一定也還會在志乃原心裡持續發酵。
我無法推測志乃原內心傷得有多重。
——不要為了讓自己好過一些而道歉。
現在，我對禮奈的這句話相當感同身受。
明美先是緊緊注視著我，這才嘆了一口氣。
「……這樣啊。也是呢。」
「妳的這份心意，我會再找機會告訴她。之後等她感覺好像可以再跟明美見面的時候，我會問問看。」
明美的視線離開我身上，並仰望了天花板。

我也效仿她的動作抬頭望去，這跟國中時不一樣，上頭沒有卡著任何球類或羽毛。

我們兩人之間，也不再需要那樣的心結了。

「……對不起，我至今都沒能好好正視妳。但從今以後，我都會用自己真正的想法來面對妳。」

這就是我的真心話。

如果不說出口，一定沒辦法傳達給她。

「彩華不過是個契機罷了，任誰都有可能成為這樣的契機……彩華也是被害者啊。剛才就有說過了吧，我到現在還是個爛人喔。」

明美這麼說完，就大嘆了一口氣。

「我會離開籃球社。這也包含了補償的意義在內，如果沒有一時失去一切，我想必不會改變……悠太，這樣可以嗎？」

回頭一看，羽瀨川不知不覺間就站到身邊來了。

本來還想說他怎麼能這樣一聲不吭地靠近，但想必是我太專注於跟明美的對話了。

「既然要做這種自我滿足的補償，還不如以職業選手為目標。如果是志乃原，一定會這樣說喔。」

羽瀨川這麼說完，明美便揚起僵硬的笑。

「……這樣啊，悠太人真好呢……彩華的意見呢？」

「我不知道，但既然這傢伙這樣講，那就是吧。而且比起我，他也更了解志乃原。」

一邊說著，我總覺得有股至今從未有的情感籠罩著心頭。

但是，我還不能察覺。

我們三人一起離開了副球場。

就旁人看來，應該會想不通這是怎樣的組合吧。我趁著還沒忘記時，對明美說：

「明美的籃球真的很強。但即使有我這個離開籃球的人做保證，應該也得不到什麼就是了。」

「……不。謝謝妳——對不起。」

明美最後向我低了頭，便朝著更衣室走去。

今天這一天，究竟能不能成為讓她改變的契機呢？我強烈地期望著如果可以就好了。

第14話　學姊、學妹

一道呼聲從某個地方傳來。

隨後接二連三地，整座體育館都漸漸嘈雜了起來。

不知道究竟發生了什麼事的我，朝著入口看過去，只見一個意外的人物正朝著這邊走了過來。

一頭豔麗的黑髮、婀娜的身材曲線，以及端麗的容貌。

既不是悠太學長，也不是明美學姊。

而是本應不會出現在此的，過去象徵著姣美空靈的存在。

是彩華學姊。

也有好幾個同好會成員親近地過去跟她攀談，彩華學姊的人脈之廣可見一斑。看著一邊和藹地跟大家打招呼，並朝我這邊靠近的彩華學姊，總讓我覺得有點想逃。

一撇開視線，就看到悠太學長好像正在跟明美學姊說些什麼。而且明美學姊還在不知不覺間換回了便服。

在意的事情實在太多了，讓我一時不知道要關注在哪一件事情上頭才好。

——這時，我跟明美學姊對上了視線。

由於遠遠隔著一段距離，頂多只是有這種感覺而已。

然而下個瞬間，這個臆測成了確信。

明美學姊對著我低下頭去。

她的頭低得很深，讓我明白這並非徒具形式上的動作。

而是維持了很久的漫長鞠躬。

我遲遲無法猜出這究竟有著什麼樣的意圖，最後明美學姊就抬起頭來了。

臉上那副放下包袱似的表情，甚至讓人忍不住想說不要擅自看開一切好嗎？

不過這也讓我稍微察覺到是發生什麼事了。

……真不知道她的心境為什麼會有這樣的變化？

是不是學長向明美學姊說了什麼呢？

應該知道如何回答這個問題的彩華學姊，這時也來到眼前。

「志乃原。可以跟妳借點時間嗎？」

「彩華學姊，妳為什麼會在這裡？」

「我來見明美的。」

「……妳跟明美學姊說了什麼？」

「我會在走廊跟妳說，過來吧。」

彩華學姊轉身就跨步折了回去。

我有點不知道該怎麼做才好，但也只能跟著她走了。

就在走到悠太學長面前時，我停下腳步。

彩華學姊察覺到這點並回過頭，但她只留下一句「我在二樓等妳」就朝著樓梯間走去。

直到看不見彩華學姊的身影之後，學長對我說：

「真由。妳可以跟那傢伙去一下嗎？」

「……就只有這種時候用名字叫我，也太狡猾了吧。」

「反正現在是兩人獨處的時候啊。雖然不是四下無人啦。」

「我要說的不是這種事情好嗎～」

學長肯定知道我指的是什麼，才做出這樣的回應。

跟著彩華學姊過去之後，不知道會有什麼事呢？

「……學長不一起過去嗎？」

嘴上這麼說，但我也覺得這麼問實在有點壞心眼。

學長要是一起過來，我一定又會不禁固執地處處針對彩華學姊。因為那樣就沒有意義了，所以學長才會留在這裡。

雖然明白這個道理，但我還是希望學長可以跟我一起過去。

「要是有我在場只會礙事而已。」

「哪會礙事——」

「會妨礙到妳給出答案。唯獨這一點，是妳們兩人的問題。」

學長淺淺勾起微笑，並繼續說：

「妳不用顧慮我的立場。無論妳做出怎樣的回答，我們之間的關係都不會改變。」

「……哼。」

我朝著一旁撇過頭去，便走向通往二樓的樓梯。

我看見學長最後淺淺笑著的表情，也跟著勾起微笑。

……這確實是學長激勵人的作風。

我之前拜託過希望他能給我面對的勇氣，會不會就是剛才那樣呢？

學長溫柔地對我笑了笑，就讓我鼓起一點勇氣來了。

而且，我也跟學長要好到說得出「學長的作風」這種話了。

這樣的真實感，也再次鼓舞了我。

一階又一階。

我爬完樓梯之後，馬上就跟彩華學姊面對面了。

自從在大學重逢之後，我每次見到彩華學姊都會跟她有些針鋒相對。

主要的原因都在於我無法克制自己的情緒。

彩華學姊也會被我這樣的態度挑釁——

然而現在的彩華學姊，表情難得看起來很柔和。

我們重逢那次之後，就再也沒看過她這樣的神情了。

「……上次像這樣跟彩華學姊面對面，已經不知道是什麼時候的事情了呢。」

我一開口就這麼說。

要去針對彩華學姊也沒有意義。我總算實踐了自己早就有所自覺的事情。

「……我覺得不久前才見過面而已啊。」

聽了彩華學姊的回答，我便揚起了一抹笑。

這是在暗示現在的自己有著可以開玩笑的從容。

若非如此，彩華學姊說不定也會防備著我可能會做出什麼挑釁的事。

我們的聲音只在寂靜的走廊迴響了一下，很快就消失了。

「志乃原。我是個怎樣的隊長呢？」

她是要說籃球社那時的事嗎？

雖然不是什麼美好的回憶，但我確實打從心底憧憬著彩華學姊這樣具備領袖魅力的存在。

不過到了現在我就能明白。

我並不是憧憬彩華學姊這個人。

我所憧憬的是——明明對戀愛沒有興趣，卻受到周遭仰慕的存在。

簡單來說，只要滿足這個條件，就算內在不是彩華學姊我也會抱持著憧憬。

「我覺得妳是個很厲害的人。實際上現在也很厲害就是了。」

「但我現在有所改變的方向，並不是志乃原心裡所想的那樣對吧。」

「或許吧。」

「我並不後悔成為現在的自己。」

我不禁端詳起彩華學姊的表情。

……她的臉上充斥著自信。

那很接近我過去所憧憬的身影。

然而，我卻從來沒有想要去思考彩華學姊抱持的苦惱。

說不定彩華學姊今天是要來向我道歉。

「明美已經不會再來這裡了。所以妳大可放心參加同好會的活動。」

「咦？」

「這種話要是被別人聽到，可能又會發展成麻煩的狀況，所以我才會把妳叫了出來。抱歉。」

我眨了眨眼。

「妳是怎麼把明美學姊趕出去的？」

聽見我率直的提問，彩華學姊稍微思考了一下。

但悠太學長應該也在場才對。只要去問學長他應該就會跟我說。

彩華學姊大概也得出了一樣的結論，於是她開口說：

「關於國中那件事，我讓她好好反省了。」

「妳是指哪件事？」

「像是縣大賽那時的事，還有在那之後的事。」

在那之後……是指不實謠言那件事嗎？彩華學姊為什麼會知道——

——其實隱隱約約地，我已經察覺到了。因為我並不是沒有思考過原因。

畢竟那場謠言明明傳得那麼開，卻突然間就消失了，感覺很不自然。

我很想相信那是自己累積起來的成果，但仔細想想實在不太可能。累積起來的人際關係得到回報這種話，不過是我說給自己聽的而已。

「是彩華學姊幫我消除謠言的吧。」

分明是這樣，我卻一直頂撞她。

要是我在國中時有發現，就不會那樣毫無道理地怨恨彩華學姊了。恐怕還會更尊敬她。

但隨著歲月的流逝，我的價值觀也跟著改變，不會思考有這樣的可能性了。

成為大學生的我，內心就只湧上一點感到抱歉的罪惡感，以及覺得「那又怎樣」這種豁出去的心境而已。

這也是因為我很軟弱。

因為無法承認自己的軟弱，才會把錯怪到彩華學姊頭上。

但我有所改變了。

我接受了自己的軟弱，往後也要堅強地活下去。

我朝著那隻盤旋的燕子這麼發過誓了。

「——對不起，我一直拿已經結束的事情頂撞妳。我之所以每次都會反抗彩華學姊，是因為我覺得自己遭到背叛了。」

道歉也是一種強悍。

就先承認自己的軟弱吧。彩華學姊也是做到了這一點，才會來到這裡。

我不想輸給彩華學姊。

「……我能感受得出來。也覺得很對不起妳。」

「但我現在就知道了，彩華學姊打從一開始就沒有看著我，所以也稱不上什麼背叛。是我擅自——」

我嘴上這麼說，卻也察覺到了。

這大概不是我的真心話。

基於不想輸的心情而主動做了形式上的道歉，在這之後我同樣也會得到彩華學姊的道歉。再次建立起這樣表面上的關係之後，我再對悠太學長笑著說：

「學長，事情都圓滿落幕了。」

……這就是我要的堅強嗎？

別迷惘啊，我別迷惘。

忽然間，飄散出一道令人舒服的香氣。

在參加社團活動的時候，我經常這麼想。為什麼直到剛才還在練習，卻能散發出這麼好聞的香氣呢？

——彩華學姊溫柔地把我抱入懷中。

這是我們第一次這麼直接地觸碰彼此。

「從今以後，讓我好好面對志乃原吧。」

「面對是指……」

「對不起。我一直以來都只以自己為優先。現在的我，知道就是這樣的態度傷害到了志乃原。」

——那個時候的彩華，自己的世界還太狹小了。

悠太學長說得對。

這個思考模式本身並沒有錯。

我也不會讓只是在路上擦身而過的人，進到自己的世界裡。即使會因為電視播放的新聞內容感到心痛，我也從來沒有採取過任何會直接影響到當事人的行動。

因為我會下意識地想，如果每次都要為了陌生人而動搖心緒，可是會疲憊不堪。

以前的彩華學姊心中對於這般「陌生人」的定義範圍很廣泛，對於「夥伴」的範圍卻很狹隘。

因此一旦踏入彩華學姊的世界，就會像悠太學長一樣可以直搗她的內心深處。

她現在會這樣緊緊抱住我，就是彩華學姊的世界變得寬廣的證據。

悠太學長想必是毫無顧慮地踏進彩華學姊的世界，他們才會這麼要好吧。站在那個世界玄關前的學長，一定還是兩手空空的狀態。

但我手上卻帶著憧憬、期待，以及自我影射等一大堆東西。

……那當然是雙手空空的人比較容易踏入其中。

「我也是。不過是從彩華學姊身上感受到一部分的強悍，就自以為全都理解了。」

真心話總算脫口而出。

要將內心的想法說出口，竟是這麼困難的一件事。

我抽離彩華學姊的懷抱，並稍微抬起頭來。

好久沒有這麼真實感受到，彩華學姊高了我幾公分了。

「所以說，我們是彼此彼此。彩華學姊並沒有看著我。而我也沒有看到彩華學姊的大部分。半斤八兩嘛。」

多虧了學長，我才能得出這個結論。

要是沒跟學長說起這件事情，我就會一直懷恨下去。

但這樣的學長也會犯錯。之前跟禮奈之間的關係弄得那麼僵，對學長來說一定也是一段苦澀的回憶。

不過他們撐了過去，現在重新構築起兩人的關係。

無論是禮奈、彩華學姊，還是悠太學長，大家一定都具備某種足以跨越困難的力量。

我也想靠這股力量改變苦澀的過去，並向前邁進。

「我想跟彩華學姊變成好朋友。」

「跟我？」

「我想從彩華學姊身上吸收各式各樣的強悍。」

彩華學姊像是感到驚訝地眨了眨眼。

「嚇到我了。志乃原……妳真的很堅強耶。」

「我也想要有所成長。我可不是那種無論過了多久都只會憧憬的學妹。」

我嘆了一口氣之後，彩華學姊感覺很開心地流露笑容。

她這樣的表情，總覺得跟友梨奈學姊很像。

「請妳不要道歉。相對地，我有一個請求。」

被我看穿意圖的彩華學姊雖然看起來有些動搖，但最後還是用澄澈的眼神看著我。

在那雙感覺就像要看透他人本質的眼睛當中，我會是什麼樣的色彩呢？

「當我面對未來的道路感到迷惘時，希望彩華學姊可以一直在我的前方。我希望妳能成為我的指標。所以，請妳一直都是那個強悍的彩華學姊。如果是已經馴化了懦弱的彩華學姊，想必不會輸給任何人。」

身後有悠太學長的支持，前方有彩華學姊的引領。

這麼受惠的布局，往後一定會讓我作為一個人有所成長。這樣的確信，也讓我在內心感到雀躍不已。

——儘管去依賴可靠的人。

學長教會我，這也是一種強悍。

「但是，不好意思。唯有一件事是我贏過彩華學姊的地方。」

「嗯？」

「就是我跟悠太學長的心的距離。唯有這點，我現在也沒有輸給妳！」

彩華學姊挑了一下眉。

……我又按捺不住了。

但只有這點，我想說個清楚。

畢竟在我們之間完全沒有提及悠太學長，反而才不自然。

「志乃原，妳喜歡那傢伙嗎？」

「——應該是的。當我一旦確定這是戀愛方面的喜歡，我就會立刻告白。」

我這麼說著，自己也嚇了一跳。因為一旦化作言語說出口，胸口也跟著熱了起來。

「……是喔。那傢伙也滿行的嘛。」

「我可不會輸給妳喔！」

彩華學姊勾起了嘴角。那副表情宛如在看著勁敵似的。

這讓我莫名開心。

不同於國中那時，我感覺得到跟她是對等關係的認同了。

為了掩飾這種害臊感，我輕咳了一聲。

「……是說彩華學姊的汗都沾到我的衣服上來了，總覺得有點討厭耶。」

「……咦？這、這種事不要說出口好嗎！」

彩華學姊鼓起了臉頰。

總覺得這樣的關係也很不錯。雖然我沒有去顧慮悠太學長的立場，但事情還是一如學長的期望發展了。

……儘管有些不爽，但我也覺得變成這樣真是太好了。

竟能夠再次面對彩華學姊，總覺得這個構圖就像是別人勾勒出來的一般，非日常的感受讓我不禁發笑。

彩華學姊也一樣噴笑出聲，我們兩人就這麼笑了好一陣子。

——我覺得這是我第一次跟彩華學姊一起打從心底相視而笑。

我們的笑聲在走廊上迴響著。

國中時遺落的那一塊拼圖，現在總算拼上去了。

★終章

每當到了梅雨季，我就會回想起——

那些被我甩掉的男生的表情。

一次又一次拒絕告白之後，基本上就能看到大家共通的神情。

失望、哀傷、羞恥。

大家真的都是以自己為優先。

絲毫都不曾想過甩掉對方的人是什麼樣的心情。

一副被害者的嘴臉，害我受到自責的折磨。

我會被人說個性難搞，全都是因為有你們這些人。

既然對我抱持好感，我就希望能夠好好了解「我」這個人。

既然一直都看著我，就不可能覺得我是受人告白會感到開心的那種人。

如果真的喜歡我，真的想跟我交往，不在高中的時候告白才是正確的選擇。

——但現在成為大學生之後，我也一次都還沒跟人交往過。

即使身處自由自在的環境之中，卻遲遲沒有湧上最關鍵的幹勁。
都來到外面的世界卻還是無法展翅的話，不就跟被關在庭園裡的時候一樣了。
為了不讓自己對於至今的態度感到後悔，我參加了好幾次聯誼。
所以快點出現吧，王子殿下。
為了不讓我後悔——

「嗨。」

羽瀨川朝著我高舉起手。
「……我等很久了耶。」
為了掩飾自己回想起的事情，我刻意語氣冷淡地這麼說。
但這樣的演技很快就被他看穿，羽瀨川的臉上浮現了爽朗的笑容。
「啊哈哈，抱歉。但是彩華說不要影響到『start』的活動吧。」
自從高二的那一天開始，羽瀨川就會用名字叫我了。
……但我至今不太常用名字叫他。
我不認為自己想對這個理由產生自覺。

「說等到活動時間結束之後，想讓志乃原投籃看看的是妳吧……但投球恐懼症是這麼輕易就能克服的嗎？」

「只要換個環境，是有可能的。而且她的投球恐懼症跟職業選手的那種不一樣，應該不是對於這個競技本身產生心理陰影。」

「這樣啊。但如果可以成為她的助力，當然是最好的啦。」

羽瀨川這麼說著，就轉身走了過去。

——強壯的背影。

這並不是抽象的形容，而是實際上的感受。

只要定睛觀察，就能看得出他的身體越來越強壯。這就是有在同好會傾注精力去打籃球，並鍛鍊起身體的證據。

他一直偷懶沒有參加練習的那段時間，一天到晚都在說肌肉痠痛，但最近就完全沒聽他喊苦了。

是誰讓羽瀨川有這樣的改變顯而易見。

「學長，這個姿勢沒問題嗎？」

志乃原一臉純真地向羽瀨川問道。

大概是真的想克服自己的心理陰影，她完全沒有流露出撒嬌的神色。

既然如此，我現在也得盡全力幫助她才行。

「志乃原。我會扶著妳的右手肘，妳只要用手腕的力道投籃看看。」

投籃有著最基本的姿勢。以女籃來說就是雙手投籃。雙手維持在一樣的角度及高度，視線則是直直朝著籃框看去。

「你去扶左手肘。」

這麼指示羽瀨川之後，他便老實地去扶好志乃原的手肘。

「學長這個色鬼。」

「啊？我並沒有對手肘興奮過好嗎！」

「那算是哪門子的辯解啊……」

和樂融融的對話。

這更傳達出在我不知道的時候，兩人也確實有著共度的時間。

「好了，總之先看著籃框。」

這麼催促之下，我輕輕抬起志乃原的右手肘。

現場就只有我能找出對她來說最契合的姿勢。

羽瀨川也在我的指示下，緩緩抬起左手肘到一樣的高度。

「學長，你可以撐一下我的背嗎？我想更挺直一點。」

「好喔～」

在志乃原的要求下，羽瀨川換了一個位置。

剛好就在志乃原的側臉旁邊，讓我看不見他的表情。

忽然間，志乃原朝我看了過來。

從籃框轉移到我身上的視線。

那雙眼睛當中，寄宿著挑戰的神色。

——是啊。這是志乃原跟我的一場勝負。

究竟是誰能進籃呢？

儘管我們連投籃的方法都還很不穩定就是了。

但我可不會輸喔。

我既是志乃原的學姊，更是——

BAVE

「那就上吧，『悠太』。」

怦咚一聲，心跳漏了一拍。

……看吧，我就知道。

我至今都不太常用名字叫他。

只是因為我不想察覺每當叫出他的名字時，就會牽引出怦然的心動。

要是產生自覺了，我就會變得跟以前憤恨的對象相同的存在。

不去顧慮甩掉自己那一方的情感，成為自我中心的存在。

但我現在明白了，那些男生會有這樣的行動也是理所當然的。

與其去顧慮對方，更想傾訴出這股心意。

要去臆測對方的情感，還要擔憂被拒絕之後的事情，即使如此還是相信說出口之後有成功的可能性，所以才會告白。

我總算理解大家的心情了。

就在好像能跟志乃原和解的這一天對這份情感產生自覺，我不知道是否正確。

但我的內心還是會不禁喊著唯獨這一點我絕不退讓。

絕不退讓的東西。

這樣的存在對我來說原來就是「那個」啊。
我究竟是從什麼時候開始，竟是如此——

悠太，我是不是一直都喜歡你呢？

志乃原放手投出去的球，落入籃框之中。
這個瞬間，耀眼的陽光照進了球場。
漫長的雨季，總算結束了。

後記

真的非常感謝各位這次也購買了本系列新的一集。我是御宮ゆう。
後記寫到第五次，也讓我覺得好像跟大家都成了好朋友一樣。
我真的很高興能再次與各位見面。
那麼，我想大家應該都有注意到了。
隨著作品出到第四集、第五集，頁數也跟著增加了。作者自己當然也有發現。
第五集的這段故事，是當作者在寫網路版的時候就已經有的構想，因此輕忽地想著應該會比第四集更加精簡吧。
當我寫到換作是平常，本篇的故事內容應該已經要寫完的字數時，竟還在第10話的途中而已。要是在這個地方將本篇收尾恐怕會引起讀者暴動，於是我拚命地繼續寫下去。
各位覺得本系列這樣的第五集怎麼樣呢？
這次是志乃原真由跟美濃彩華的和解。
是讓彩華察覺自己對悠太抱持的心意所必需的一段故事。讀者們若是能回頭粗略地看看第一、第二集，應該能更加理解彩華的心情。還有第三、第四集也是。

感覺好像可以聽到「第五集禮奈幾乎沒有登場嘛！」這樣的怨聲，但請各位敬請期待第六集。

梅雨季結束了。下一個季節——沒錯，就是夏天。

說到戀愛喜劇就是夏天了。到了第六集，《小惡魔學妹》的世界也即將迎來夏天。

希望開始連載的《小惡魔學妹》系列改編漫畫版，今後也能更加有熱度。

接下來是謝辭。

K責編。在送出第五集的原稿時，我一直擔心要是因為頁數太多而被說：「這裡跟這裡都給我刪掉！」該如何是好，沒想到得到不錯的回應，讓我由衷鬆了一口氣。K大人的反應就是我的原動力，因此請給我比鞭子多三倍的糖果。

負責插畫的えーる老師。第五集的封面插圖在經過一次修正調整之後魅力直線提升，讓我眼睛都快掉出來了。執筆的時候我也是一邊想著：「能讓えーる老師畫下這一幕的插圖未免太幸福了吧！」每次一拿到插圖，我都會想各位讀者肯定是嗨到爆。

校閱負責人。多虧有負責人的協助，總算能讓這部系列作以書籍形式出版。從今以後也請多指教。

以及各位讀者。真的非常感謝大家一直以來的支持。

第一、第二集的首週銷量就是命，隨著集數的累積也能得到新的讀者——在這樣的狀況下，多虧有大家的支持才能讓這部作品得以活下去。希望各位也能在看完第五集之後，透過口碑及感想給予這部作品後援。

接下來是最後一項告知。

現在我在Sneaker文庫有個新寫的作品企畫正在進行。這想必是喜歡《小惡魔學妹》系列的讀者能充滿自信地推薦給身邊朋友的作品，出版之後還請各位拿起來看看（註：此指日本的出版狀況）。

那就先在此道別了。期待能在第六次的後記再與各位相見。

御宮ゆう

義妹生活 1~3 待續

Kadokawa Fantastic Novels

作者：三河ご一すと　插畫：Hiten

逐漸改變的關係與想要守護的東西。
漸行漸近的兄妹，他們所珍視的日常。

沙季應徵上悠太工作書店的打工。立場成了前輩的悠太，發現她許多嶄新的一面。同時段排班的讀賣栞卻從沙季的模樣，看出那無法依賴別人的認真個性，某天說不定會毀了她。悠太被迫抉擇，要打破最初的約定，插手影響她的生存方式，還是不要……？

各 **NT$200/HK$67**

男女之間存在純友情嗎？（不，不存在！）1~3 待續

Kadokawa Fantastic Novels

作者：七菜なな　插畫：Parum

社群討論度破表！摯友以上，戀人未滿的青春戀愛喜劇
再見了，我們的戀愛——

在凜音目不轉睛的注視之下，悠宇跟日葵對即將到來的暑假，依然難掩雀躍心情。然而，隨著連雲雀也畏懼的榎本家長女——紅葉返鄉，決定兩人命運的夏天就此揭開序幕。究竟犯下戀愛罪過的日葵，能揮別「永遠的命運共同體」嗎？

各 **NT$240~280/HK$80~93**

救了想一躍而下的女高中生會發生什麼事？ 1~3 待續

Kadokawa Fantastic Novels

作者：岸馬きらく　插畫：黒なまこ　角色原案、漫畫：らたん

「為了成全自己的愛情而橫刀奪愛，那我不就……」
關於「她」為了初戀及純愛糾結不已的戀愛故事。

　　守望著結城和小鳥的大谷翔子，發現自己對結城的愛意日漸增長，甚至被迫面臨某個重要的決定？『愛情對女人是最重要的。翔子，妳遲早也會明白這件事。』拋夫棄子，投向其他男人懷抱的母親留下的這句話，如同惡魔的囈語在大谷的腦海中揮之不去——

各 **NT$200~220/HK$67~73**

不時輕聲地以俄語遮羞的鄰座艾莉同學 1~3 待續

Kadokawa Fantastic Novels

作者：燦燦SUN　插畫：ももこ

政近與艾莉進展到在家約會!?
和俄羅斯美少女的青春戀愛喜劇第三彈登場！

期末考即將來臨，政近將努力念書當成第一要務，然而昔日和周防家那段無法抹滅的過節以意外的形式出現，政近因而病倒——「有希同學拜託我來的。她要我照顧你。」「……」【騙你的。】（嗚咕呼！）艾莉竟無預警來到政近家要看護他！

各 **NT$200~260/HK$67~87**

國家圖書館出版品預行編目資料

小惡魔學妹纏上了被女友劈腿的我/御宮ゆう作 ;
黛西譯. -- 初版. -- 臺北市 : 臺灣角川股份有限公司
, 2022.10-
冊 ;　公分. -- (Kadokawa fantastic novels)
譯自 : カノジョに浮気されていた俺が、小悪魔な
後輩に　かれています
ISBN 978-626-321-855-0(第5冊 : 平裝)

861.57　　　　111013101

Kadokawa
Fantastic
Novels

小惡魔學妹纏上了被女友劈腿的我 5

（原著名：カノジョに浮気されていた俺が、小悪魔な後輩に懐かれています5）

2022年10月24日　初版第1刷發行

作　者：御宮ゆう
插　畫：えーる
譯　者：黛西

發 行 人：岩崎剛人
總 編 輯：蔡佩芬
編　輯：黃如雁
美術設計：黃永漢
印　務：李明修（主任）、張加恩（主任）、張凱棋

發 行 所：台灣角川股份有限公司
地　址：104台北市中山區松江路223號3樓
電　話：（02）2515-3000
傳　真：（02）2515-0033
網　址：www.kadokawa.com.tw
劃撥帳戶：台灣角川股份有限公司
劃撥帳號：19487412
法律顧問：有澤法律事務所
製　版：巨茂科技印刷有限公司
ISBN：978-626-321-855-0